一夜の夢では終われない!?

～極上社長は一途な溺愛ストーカー～

立花吉野
Yoshino Tachibana

Eternity
EB
エタニティ文庫

目次

一夜の夢では終われない!?
～極上社長は一途な溺愛ストーカー～

1

真っ赤なバラの花束とメッセージカードを交互に見比べて、葉月英奈《はづきえな》は首を傾げる。

(ん?)

ランチから戻ると、会社の自分のデスクの上に花束が置かれていた。

綺麗にラッピングされた花束には、リボンでとめられた白のメッセージカードに『忘れられない』という一文と、携帯電話の番号が書かれているだけ。送り主の名前はない。

(忘れられない……?)

「それ、さっき届いたところです。総務の和田《わだ》さんもうらやましがってましたよ~。彼氏さんからのサプライズですかぁ?」

英奈の隣のデスクに戻ってきた後輩の西《にし》が、にんまりと目をかまぼこ型にしている。

年下の彼女のある意味残酷な質問に、英奈は最近バッサリ切ったばかりの茶色いボブを揺らして否定した。

「まさか」

だって、彼氏はいない。

これまでの人生で付き合った人は一人だけ。

もし、この花束とメッセージが健吾《けんご》からのサプライズなら、笑い話にもならない。

半年ほど前に九年交際した英奈を一方的に振って、若い子に乗り換えたのは健吾のほうなんだから。

「でも、それって絶対に男の人からですよね。だって赤いバラの花束ですし！　それに、『忘れられない』って――あっ、すみません！　覗こうと思ったんじゃなくて、見えちゃって……」

亀のように首を縮めて謝罪する西は可愛い。

入社二年目の彼女の目は、恋に恋する乙女のように、キラキラと英奈を見上げている。きっと、仕事の虫の英奈にバラの花束なんてロマンティックな贈り物が届いたものだから、あれこれイマジネーションを膨らませていたに違いない。

(可愛いって、こういうことを言うんだろうな)

髪を染めて、ふんわりエアリーなパーマをかけて、メイクを変えてみたけれど、やっぱり英奈は西のような可愛い女子にはなれない。

英奈がふふっと笑うと、西が「すみません」とペコッと頭を下げた。

「いいよ。こんなの届いたら、気になるよね」

きっと、これはなにかの手違いで英奈のもとに届いてしまったのだろう。

このまま英奈がスルーしたら、送り主は、本当に気持ちを伝えたかった人にフラれたと思ってしまうかもしれない。情熱的なバラの花束を『忘れられない』なんてメッセージ付きで贈るなんて、大胆すぎてちょっとビックリするけれど、ドキッとするアプローチだ。

手違いで別の人に届く……なんて運命の悪戯《いたずら》で、結ばれたかもしれない二人が結ばれないのは悲しすぎる。

（うん。やっぱり、間違ったところに届いてるって伝えてあげなくちゃ）

英奈は内線で総務部に連絡を入れた。

納品書から送り主がわかれば、どういうわけだか間違って届いた花束を引き取ってもらえると期待したが、あいにく総務はまだランチ中で人手が足りていないようで、内線は空振りに終わった。

（どうしよう……）

英奈はこのあと会議がある。次に時間が取れるのは夕方だ。

（せっかくのお花がしおれちゃうのは、もったいないな。だからって、勝手にラッピングを外して生けるなんてできないし）

メッセージカードに書かれた携帯電話の番号。

（よし、かけてみよう）

スマホとメッセージカードを手に廊下に出た英奈は、すぐに番号に発信する。

どんな相手が出るのだろう？　ちょっとドキドキする。

呼び出し音が繰り返される間、英奈はなんと言おうか頭の中で言葉を整理しながら、廊下の隅のほうへと歩いていく。突き当たりの壁はガラスになっていて、隣の新しいオフィスビルがよく見える。

呼び出し音が途切れ、英奈は息を吸い込む。その一瞬の無言の間に、男性の声が答える。

『はい』

「もしもし、葉月英奈と申します。そちらから送られたお花が、手違いでわたしのもとに届いてしまっているので、直接お電話を――」

『手違いじゃありませんよ』

電話の向こうで、フッと男が笑う。

『お久しぶりです、葉月さん。守谷《もりや》です』

え――

窓から射し込む陽光の中で、英奈は息をすることも忘れる。

『あの花は、俺が、葉月さんに贈ったんです。間違いだと思ったんですか？』

会話の内容が、まったく頭に入ってこない。

想定外の出来事に驚いて、心臓がドッと血を送り出し、全身が燃えるようだ。

記憶が鮮やかによみがえる。

スマホを通した彼の声は、あの夜何度も耳に注《そそ》ぎ込まれた響きとは少し違って聞こえる。けれど、わかる。確かに彼だ。

「な、なんで……」

勤務先なんて、教えていない。連絡先も交換しなかったのだ。先のない関係だとわかりきっていたから。

だから、彼が目覚める前に慌ててホテルから逃げたのに――

彼はまた、フッと笑ったような息を漏らした。

『それは、花を贈った理由ですか？　あの夜も何度も言いましたが、俺は葉月さんが好きです。だからですよ』

そうだ。彼はあの夜、何度も英奈に好きだと言って、とろけるほど甘い夜をくれた。

だけど、そうじゃない、そうじゃなくて……

『それとも、どうして会社を知っているのかって質問でしたか？』

ランチ終わりに人が行き交う廊下の突き当たりで、英奈はこくりと頷いた。

電話越しに頷いていたって相手には伝わらない。返事をしなくちゃ――英奈が息を吸い込むと、今日聞いたどの声より優しい彼の声が耳に届いた。

『髪、切ったんですね。似合ってます』

「っ――――！」

反射的にスマホを耳から引き離して、通話終了のボタンを押した。

（なっ、なんで――――!?）

キョロキョロと周囲を見回したけれど、当然近くに彼の姿があるはずもなく。

だけど、髪を切ったことを知っていた。職場も、部署も。

（どういうこと!?　調べたってこと!?）

一夜の夢のはずだったのに。それがまさか、こんなことになるなんて……

スマホとメッセージカードをぎゅっと胸に抱いたまま、しばらく英奈は壁に寄りかかって動くことができなかった。

2

それは、昨年末のクリスマスイブのこと……

予想以上の光景に、ふんわりとした絨毯《じゅうたん》の上で、英奈の足はぴたりと止まった。

（カップルばっかり……！）

ここは、関東の人気観光地にある、全室オーシャンビューが売りのリゾートホテルだ。

元々は家族向けの色の強い宿泊施設だったそうだが、三年前の改装で庭園にプチチャペルを建造し、リーズナブルなウエディングプランを打ち出して若年層からの支持を得た。そのため、バレンタインやハロウィン、クリスマスなどの若者たちのイベント時期には、カップルが式場の下見を兼ねてやって来る。

そして今日は、十二月二十四日――クリスマスイブ。

わかっている。恋人たちの聖地にお邪魔しているのは、自分のほうだ。だから、幸せいっぱいの恋人たちが視界に入るのはしかたがないと覚悟していたけれど、さすがにここまでだなんて……。

広々としたエントランスホールには、五メートルはある立派なツリーが飾られていて、宿泊客――というか、カップルの自撮りスポットになっている。落ち着いたブラウンで統一されたフロントでチェックイン手続きをしているのも、カップルばかりだ。

さすがにラウンジにはシニア世代の姿もちらほら見えるけれど、英奈と同年代のぼっち勢は見当たらない。『素敵なホテルだね』なんて言いながら、人目もはばからずイチャつくカップルたちは、今の英奈には街中のイルミネーションより眩《まぶ》しく映った。

思わず、特大のため息がこぼれだす。

（はぁぁぁぁ……。わたしだって、健吾と来るはずだったのに……）

――それは、三ヵ月前。

九月二十四日。英奈の二十六歳の誕生日のことだった。

零時《れいじ》ちょうどにスマホが鳴った。

相手は、恋人の新浪《にいなみ》健吾。

英奈と健吾は同じ高校の同級生で、二年のクリスマスに健吾からの告白で交際がスタートした。今年のクリスマスで、付き合って九年を迎える予定だった。

学生の頃と違って、社会人になってからは、お互い仕事で予定が合わないことが多かった。週末や連休も、高校教師の健吾は部活関係で、スポーツメーカー勤務の英奈は仕事関連のイベントごとで互いに忙しく、ゆっくり会えるのはせいぜい月に一度かそれ以下だったけれど、九年の絆はダテじゃない。

今年の誕生日も、平日ど真ん中で一緒には過ごせないが、こうして日付がかわってすぐに電話をくれた……

寝ぼけながらも、英奈はこみあげる嬉しさに頬を緩ませて電話に出た。

するとなぜか、やたらと声の高い女が英奈を罵倒《ばとう》しはじめたのだ。

間違い電話かとスマホの画面を三回は確認したが、番号は間違いなく健吾のものだ。ほどなく、電話越しに彼の慌てた声が聞こえてきた。

『らむちゃん、なにやってんの！』

『だって！　この女とは別れるって言ってたじゃん！　なのに、どうしてスマホのスケジュールにこの女の誕生日が残ってるの!?』

え？　どういうこと？

シングルサイズのベッドで、英奈はむくりと起き上がった。

『落ち着いて。ほら、らむちゃん、電話貸して！』

『いやだよ！　今すぐこの人と別れて！　わたしだけって言ってたのは嘘なの!?　パパに会う前にけじめをつけるって話は!?　今すぐ別れてよ！』

……それから三十秒と待たず、健吾は英奈との別れを決断した。

突然すぎて、頭の中が真っ白になった。

だって、付き合って九年だ。

大学時代から、健吾は『付き合って十年目の記念日に、結婚しよっか』と言っていたのに。

『俺たち、何年も前から終わってただろ。お前、可愛げがないんだよ。仕事仕事って、男かよ。もう女として見れない』

九年一緒にいた健吾からの、最後の言葉がそれだった。

「うぅっ……」

思い出しただけで鼻の奥がツンとするし、胃のあたりはキリキリ痛む。

（も、もう立ち直ったんだから！）

ギュッと顔の真ん中に力を込めて、こみ上げる感情を抑え込む。負の感情を振り切るようにぶんぶん首を横に振ると、ストレートの黒髪がさらさらと涼やかな音をたてた。

三ヵ月も経ったのだから、忘れるべきだ。いつまでも引きずっているなんて、そのほうが悔しい。悲しみと決別するための儀式は、この三ヵ月で十分すぎるくらいしてきたじゃない！

思い出の品を処分したり、友達と飲み明かしたり、ベタすぎる恋愛映画を見てこき下ろすつもりが逆にうらやましすぎて号泣したり、呪いのわら人形の通販サイトを検索したり。そういうあれこれを一通りやって、気持ちに区切りはついている。

（頑張れ、わたし！　カップルなんて怖くない！　ぼっちでなにが悪い！）

こういうときこそ、大人の女性として、クールに振る舞うのだ！

それに、今日は感傷に浸《ひた》りに来たわけではない。

大切な目的があるのだ。怖じ気づくな、葉月英奈！

英奈はぎゅっと拳を握って意を決すると、フロントに向かって歩きだした。三つある窓口の真ん中で受付をしていたカップルが、ちょうど手続きを終えたようだ。

（あ、お仕事っぽい人もいる――）

左側のフロントで手続きをしている男性は、一人のようだ。近くに連れがいる様子もないし、品のいいダークスーツをまとっていて、うしろ姿は明らかにビジネスマン。

彼の落ち着いた低い声が、かすかに英奈のもとまで聞こえてくる。

「――それから、車の手配をお願いします。イングリットホールに、十七時に着くように」

「ご乗車は何名様でしょうか？」

「一人です」

どうやら彼も、今夜のコンサートに行くらしい。

しかも一人旅。なんだか妙な親近感が湧いてくる。

そうこうしているうちに、ビジネスマンの隣が空き、ホテルマンがウェルカム感溢れる挨拶で英奈を出迎えてくれる。

「ようこそお越しくださいました。ご予約のお客様でしょうか？」

「はい、予約した、葉月英奈です。チェックインをお願いします」

フロント担当はすぐに感じのいい笑顔で受付手続きを進め、英奈の前に受付票とボールペンを差し出した。重厚感のある黒のボールペンを手に取り、さっそく記入をはじめると、ふと、真横から強烈な視線を感じた。

（ん？）

顔を上げると、隣のビジネスマンが驚いたように英奈を見ている。

思わずドキッとしてしまうくらいのイケメンだった。

英奈より年上の、三十前後の年齢だろうか。さらさらの黒髪から覗く切れ長の目は一見クールで、身に着けているスーツも明らかにお高そうだけど、不思議と威圧的な印象は受けない。きっと、顔つきが上品だからだろう。

こんな美形、一度見たら絶対忘れない。そして、英奈の記憶のどこにも、彼の姿はない。

(見覚えはないんだけど……)

彼は時が止まったようにじっと英奈を見つめ続けている。

彼の対応をしているホテルマンも困惑の表情を浮かべているが、それにも気付いていない様子だ。まるで、彼の世界からは、英奈以外のすべてが消えてしまったよう――

あまりにも熱っぽい視線に、頬がジリジリと熱を帯《お》びていく。

英奈には、こんなイケメンに熱視線を送られる理由がない。

顔はやや吊った目以外に特徴もない、どこにでもあるような平凡な造りだし、百六十四センチの身長はどちらかといえば高いほうに分類されるとはいえ、モデルやらグラビアアイドルみたいな抜群のプロポーションからは程遠い普通体型。

だから、たぶん彼は……

(人違い……してるよね?)

英奈がゆっくり首を傾げると、彼ははっとしたように微笑んで、会釈《えしゃく》した。

「失礼。知り合いとよく似ていたので、つい」

ほら、やっぱり人違い。

「よくあることですから」

英奈は愛想笑いを返して受付票の記入に戻った。

チェックインが済んだときには、彼はもういなかった。

◆◇◆

「チケットよし、スマホよし、お財布よし——」

ホテルの部屋で小さめのショルダーバッグの中身を指さし確認して、最後にドアの前で全身をチェックする。

自分の手持ちの中で一番無難《ぶなん》な黒のワンピースに、カーディガンを合わせた。足元は低めヒールのパンプスで、アウターはベージュのノーカラーコート。

形状記憶かと疑いたくなる頑固《がんこ》な直毛は、サイドで緩く編み込みにして垂らし、バレッタを留めた。アクセサリー類は音が鳴るといけないから、シンプルなピアスだけ。

さんざんネットで調べた結果の「まわりから浮かない、お呼ばれクラシックコンサートスタイル」にまとめたつもりだけど、これが正解なのかは、会場に行ってみるまでわからない。

高校時代からの友人・牧瀬《まきせ》エリカが招待してくれたクラシックコンサート。海外から著名な楽団と指揮者を招いてのクリスマスイベントで、その奏者の一人がエリカなのだ。

海外が拠点の彼女が『絶対来てね！』とチケットを手配してくれたのだから、どうしても行きたかった。だから、英奈は今日ここへやって来たのだ。

努力して夢を掴んだ友人の晴れ姿を見られると思うと、期待と緊張が混ざり合って落ち着かない。気持ちはまるで「お稽古《けいこ》ママ」状態だ。

（感極まって泣かないようにしなくちゃ……）

準備を整え部屋を出た英奈は、頼んだタクシーが到着するまでエントランスホールのソファに腰掛けて時間をつぶすことにした。予約した十六時半にタクシーがホテルに到着したら、英奈のスマホに連絡が入る予定だ。

スマホを確認すると、十六時二十五分。そう待たずともよさそうだ。

なにげなく周囲を見回す。

エントランスホールのソファに座る数組の大半がシニア層で、時間を気にしている様子の人たちもいるから、彼らもコンサートに行くためにタクシーを待っているのかもしれない。

そのとき、見覚えのあるスーツの男性がエレベーターホールから出てきたのが視界に入った。

（あっ――）

さっきのビジネスマンだ。

英奈を誰かと見間違えたイケメンビジネスマンは、相変わらずビシッと決まったスーツスタイルで、エントランスに向かおうとしていた。

時計を確認していた彼は、顔を上げるとなにかに気付いたように、一瞬足を止めた。

そして、なにを思ったのか、迷いなく英奈のほうに歩いてくると、目の前で前で立ち止まった。

「さっきは、失礼しました」

穏やかな声と、自分の失態を恥じているような微笑みに、英奈は両手を振って「いえ、お気になさらず」と返した。ただの人違いをわざわざ改めてお詫びに来てくれるなんて、律儀《りちぎ》な人だ。

「コンサートに行かれるんですか？」

彼はごく自然な動作で、英奈の隣の一人掛けソファに腰を下ろした。

普通ならちょっとびっくりするところだけど、彼の場合は嫌な感じがしなかった。

ほかにもたくさん座るところはあるが、きっと英奈に声を掛けたついでに、近くの椅子で休憩しようと思ったのだろう。そして、黙っているのも感じが悪く取られかねないから、こうして雑談のネタを振ってくれたに違いない。

そう思うのは、彼の態度に警戒したくなるような「がっついた」ところがないからだ。その様子をクールと取る人もいるかもしれないが、英奈には親しみやすさに映った。

「はい、友人が招待してくれたんです。えぇっと……そちらも、コンサートですよね？」

彼のことをなんと呼べばいいのか、少し迷ってしまった。

「あぁ、失礼しました。守谷と言います」

彼は胸ポケットから名刺入れを取り出し、英奈に一枚差し出す。

「どうも、ご丁寧にありがとうございます。葉月です、名刺は持ってなくて、すみません」

反射的に受け取ってしまったけれど、英奈は完全なプライベートだから名刺なんて持ち合わせていない。彼はそれも見越していたようで、焦りを浮かべた英奈とは違って落ち着いた笑みを返してくれる。

「大丈夫ですよ。俺が怪しい人間じゃないことを証明したかっただけですから」

きっとタクシーが到着したら、二度と会うことも、話す機会もない英奈にまで名刺を渡して名乗ってくれるなんて、どこまでいい人なんだろう。

名前は、守谷維人《ゆきと》。

株式会社トライアドホールドという社名と連絡先。

名前の上には、小さく「代表」と書かれている。

(代表……って、社長さんってことだよね？　三十歳くらいに見えるのに、すごい……)

社長の肩書に驚きつつ、彼の落ち着いた雰囲気に納得する。

イケメンなうえに性格もよくて、地位もある。

なんという勝ち組。

それは精神的余裕もたっぷりあるわけだ。

(きっと、うんざりするほどモテるんだろうなぁ。わたしとは住む世界が違うよ)

うんうんと心の中で頷いていると、英奈たちのななめうしろで携帯の着信音が鳴った。

「もしもし。はい、そうですが——えぇっ、来られないって、そんな……——」

六十代くらいの白髪の男性は、しばらく控えめな声で話していたが、弱り切った様子で「わかりました」と電話を切った。

「お父さん、どうしたの？」と、白髪の男性の隣にいる、同じく白髪の女性が尋ねる。

「タクシーが、遅くなるそうだ」

「遅くなるって、どれくらい？　開演は十七時半ですよ？」

「開演には間に合わんだろうな……」

「そんなぁ……せっかく、あの子が大きな舞台で演奏しているところが見られるのに……そうだ、今から、別のタクシー会社に頼んでみたらどうかしら？」

「今から手配したんじゃどのみち間に合わんよ。一応、聞いてみるが――」

白髪の男性が、杖《つえ》をついて立ち上がる。その背中を視線で追いながら、白髪のご婦人が今にも泣きそうに眉を下げていた。

体をひねって一部始終を見ていた英奈まで、胸が痛くなる。

きっと、今日の演奏に彼らの身内も出演するのだ。

地元民ならホテルには泊まらない。ここにいるということは、遠方から、コンサートのためにわざわざこの地へ足を運んだ――そして、事情はわからないが、タクシーが時間通りに到着しないために、開演時刻に間に合いそうもない。

友人が奏者というだけで、英奈は楽しみでしかたなかったのだ。

それが、こどもや孫だったら？

どうにかしてあげたい。

「葉月さん」

耳に心地いい低音が英奈を呼ぶ。

維人に向きなおると、彼はさっきと同じ穏やかな表情に、ほんの少し悪戯《いたずら》な色を浮かべていた。

◆
◇
◆

後部座席に英奈と維人を乗せて、タクシーは夕方の道を走り出した。

「あのご夫婦、すごく喜んでくれてましたね。よかった」

あのあと、維人は英奈に『葉月さんは、俺の車に乗ってください』と言った。

どうして？　と疑問だったけれど、彼には考えがあるようだったから、質問は挟まずに彼に任せることにした。英奈の承諾を取り付けると、維人はフロントに向かおうとしていた白髪の男性を追いかけて、英奈が手配した車を彼らに使ってもらうことで話をまとめたのだ。

英奈は遠くから見守っていただけだが、維人は魔法でも使ったのかと疑いたくなるほど、あっさり相手を納得させてしまった。

どう説明したら、あんなにあっさり納得してもらえるのだろう？

普通は多少、警戒されたり遠慮されたりするものだと思うが、白髪のご夫妻は維人にガッチリ心を掴まれた様子で、タクシーのドアが閉まる瞬間までニコニコしきりだった。

そして彼は、自分の善行を鼻にかける様子もない。

本当に、なんていい人なんだろう。

「葉月さんは、優しいですね」

「えっ？　わたしですか？」

「はい。あのご夫婦が困ってるのを見てるときの葉月さん、自分のことみたいに苦しそうな顔してましたよ」

きっと、すごく険《けわ》しい顔をしていたに違いない……しかも、それを見られていたなんて。おまけに『優しい』だなんて言われてしまって、なんとも面映《おもは》ゆい。

それに、あのご夫婦を助けたいという英奈の願いは、彼の協力なしには叶えられなかったのだから、称賛されるべきは英奈のお節介焼きな性格ではなく、彼の行動力だ。

「わたしは力になりたいと思っただけで、実際に行動してくれたのは守谷さんです。ご協力ありがとうございました」

車のシートに背を預けた維人は、英奈に顔を向けて眩《まぶ》しそうに目を細めた。

長い睫毛《まつげ》の下で英奈を映す彼の瞳が、甘い光を湛《たた》えているように感じられて、ジワリと脈が加速する。

先に目を逸らしたのは、彼のほうだった。

「――ところで、葉月さんはクラシックがお好きなんですか？」

「いえ、実は、クラシックのことは全然わかってなくて。高校の同窓生が、今日のコンサートで演奏するからって招待してくれたんです」

「そうだったんですか。それで、泊まりでわざわざここまで、一人で？」

「はい。コンサートが終わってから、また特急に乗って帰るのも忙《せわ》しないので……守谷さんは、クラシックがお好きなんですか？」

「いえ、俺も音楽には疎《うと》くて、よくわかってません。今日は取引先の方に招いていただいたので、家で一人寂しく仕事してるよりはいいだろうと思って来たんです」

彼の声は、決して表情豊かなわけではない。けれど、そこに混ざるわずかな笑みにつられて、英奈の緊張もほぐれていく。

英奈はコミュニケーションスキルが高いほうではないし、性格もちょっと意地っ張りなところがある。それなのに、彼との会話は自然と素直な感情が溢れてくる。

きっと、維人が人の気持ちを引き出すのがうまいのだろう。

「わかります。クリスマスイブですもんね。やっぱり社長さんだと、こういうお付き合いのお招きも多いんですか？」

「いえ、そんなに多くはないですよ。葉月さんは、お仕事のお付き合いはあまりない職種ですか？」

「うーん……うちはスポーツメーカーなので、競技の大会なんかは行くこともありますけど、平社員は演奏会やパーティーにはお招きなんてされませんから」

「なるほど、スポーツメーカー……」

どういうわけか、維人は納得したように頷いていた。

それからまた、他愛のない会話が続いた。

このあたりの観光名所や、おみやげや、宿泊したホテルについてだ。

車がカーブを曲がると、フロントガラスの向こうに、小さくホールが見えてきた。

目的地の接近を認識して、緊張がぶり返してくる。

英奈は落ち着かずに身じろいで、それを取り繕《つくろ》うように維人に笑いかけた。

「すみません、落ち着きがなくて。はじめてだから、なんだか緊張してしまって。服装も、これでよかったのか少し心配で……」

彼の目が英奈の体の上をすーっと辿《たど》る。

ほんの一瞬、視線が全身を辿《たど》っただけなのに、体の芯がくすぐったくなるような感覚に襲われる。

「素敵ですよ。黒のドレス、似合ってます」

不覚にもドキッとしてしまった。

彼の目が、彼の声が、信じられないくらい甘やかに感じられたのだ。

九年交際した健吾にも、あんな目で見られたことはない。

(違う違う。今のは、ただの服装チェック。素敵っていうのも、ワンピースが素敵って意味で、わたしが素敵って意味じゃないから)

都合のいい解釈で、勝手に照れるんじゃない。

目的地のホールがどんどん大きく見えるようになり、到着は間もなくだ。

あっという間だったと思ったけれど、タクシーのメーターを見ると、それなりの距離を走ってきたことがわかる。

時間を短く感じたのは、維人との会話が弾んだからかもしれない。

道なりに走るタクシーの窓から見える景色は、都会と違って自然豊かだ。一人だったら、この景色が流れていくのを寂しく眺めていたことだろう。

帰りは一人ぼっちの寂しさに耐えるしかないが、行きだけでも楽しい時間を過ごせたことに感謝しよう。

別れのときを意識した英奈は、ふと思い立って彼に尋ねた。

「そういえば、守谷さん、例のご夫婦になんて説明したんですか？　すごくすんなり提案を受け入れてましたよね。交渉の秘訣《ひけつ》があるんですか？」

維人はリラックスした体勢のまま、思い出したようにフッと笑った。

「『彼女を口説きたいから、協力してください』って頼んだんです」

「……え？」

「葉月さんを好きで、どうしても彼女を口説きたいから、彼女が手配した車をお二人が使ってくれたら一緒にいる口実ができて助かる――って、話を持ち掛けたんです」

「えっ、えぇっ!?」

ボッと顔に火がついたように熱くなる。

自分の知らないところで、そんな話になっていたなんて。

「なっ、なんでそんな……！」

「それが一番、あのご夫婦の共感と理解を得られそうな気がしたので」

確かに、結果的にはそうだけど……！

車に乗り込む夫妻が最後までニコニコしていたのは、開演に間に合う安堵《あんど》や提案への感謝だけではなく、微笑ましい目で見られていたからだったなんて……恥ずかしすぎる！

熱くなった頬に手をあてて、火照《ほて》りを冷まそうとするがまるで効果はない。

（わぁー……あのご夫婦もよく信じたよ）

困っているご夫婦に、よけいな気遣いや遠慮をさせずに提案を受け入れてもらうためとはいえ、よりにもよって『彼女を口説きたい』とは。なんて大胆な嘘をつくんだろう。

「……嘘はよくないですよ、守谷さん」

「嘘だと思うんですか？」

彼はまた、英奈に向けた目を眩《まぶ》しそうに細めた。

ジリ……と頬が熱を帯《お》びて、咄嗟《とっさ》に目を逸らしてしまう。

そんなふうに言われたら、とんでもない勘違いをしてしまいそうだ。

（いやいやっ、そんなわけない！　これは、社交辞令だから！）

だけど、目を細めたときの彼の瞳には、英奈の胸を騒がせるなにかがある。抑えきれない甘い感情が、滲《にじ》み出しているような。

（勘違い、考えすぎ、自意識過剰……）

呪文のように、心の中で繰り返すうちに、タクシーはホールの車寄せに静かに止まった。

◆◇◆

白い外観のイングリットホールは、一階部分の正面がガラス張りになっており、華やかなエントランスの光が溢れていた。

植え込みの樹木には暖色の電飾が巻き付けられ、訪れる人々をあたたかく出迎えている。

ドレスアップした人々がホールに吸い寄せられていく光景は完全に非日常で、英奈は自分がおとぎ話の世界に迷い込んだような浮ついた気持ちになった。

タクシーを降りてすぐに、英奈はホールに目を奪われ足を止めてしまった。

「わぁ、すごい……」

「ライトアップが綺麗ですね」

思わず口から出た胸の内を、隣に立つ維人が拾ってくれる。

「あっ、そうだ！　タクシー代を出していただいて、ありがとうございました。お世話になりっぱなしで、すみません」

ホールまでのタクシー代は、当然のように維人が支払ってくれた。英奈は『せめて割り勘に！』と頼んだけれど、彼は『気にしないでください』と穏やかに微笑んで、男が出して当然といった見栄も、奢《おご》ってやったといった押しつけも感じさせなかった。

彼は本当にいい人だ。

車内では思いがけずドキドキさせられてしまったが、あれは英奈の自意識過剰だったに違いない。うん、きっとそうだ。

「こちらこそ、ありがとうございます。葉月さんのおかげで、楽しい時間を過ごせました」

「わたしも、ご一緒できて楽しかったです」

彼と一緒でなかったら、ホールの輝きは今の英奈には暴力的な刺激だっただろう。のんきに景色に見惚れることもなく、孤独や寂しさばかりを募《つの》らせていたはずだ。

心からの感謝を伝えた英奈に、彼はまたすーっと目を細めて、熱量の高い眼差しを向ける。

「葉月さん、コンサートが終わったあとの予定を訊いてもいいですか？」

「よかったら、食事に行きませんか？」

「え……？」

それって……

つまり……どういう意味だろう？

彼の意図をつかめずフリーズした英奈に、彼は口元を緩めたまま眉尻を下げる。

「先約がありましたか？」

「いえ！　その、そうじゃないんですけど……！」

余裕のある彼と違って、英奈はしどろもどろだ。

クリスマスイブの夜に異性と食事に行くなんて行為は、英奈にとってはすごく特別なことだ。タクシーの相乗りとはわけが違う。

（ど、どうしよう……）

これまで男の人から食事に誘われたことがないわけではない。

しかし、高校二年から健吾と交際してきた英奈は、大学でも社会に出てからも、男の人からの誘いは断る以外の選択肢を持たなかった。

だって、彼氏がいるのにほかの異性と過ごすなんて不誠実だ。

でも、今は状況が違う。

英奈は独身で、彼氏もいない。自分が行きたいと思うなら、維人の誘いを受けてもいいのだ。

その自由は、英奈をかえって混乱させる。

「えっと、あの……」

目を白黒させていた英奈を現実に引き戻したのは、スマホの呼び出し音だった。

「あっ、すみません。電話が——」

「どうぞ、出てください」

慌ててスマホをバッグから引っ張り出すが、見計らっていたように着信は切れてしまった。

ディスプレイに表示された着信履歴は、健吾からのものだった。

(今更なんの用で——)

あの最悪の別れ以降、なんの音沙汰《おとさた》もなかった健吾からの突然の連絡に、カッと頭に血が上《のぼ》った。

少し遅れて、彼からのメッセージが届く。

『エリカに別れたこと言ってないだろ？　復縁とか絶対ないから、ちゃんと言っとけよ』

コンサートに招いてくれたエリカには、席を無駄にしないためにも、健吾が来られないことは前々から伝えてある。だが、その理由までは話していなかった。

それは、海外生活をしていて、これから晴れやかな舞台を控える彼女に、自分たちの破局は伝える必要のないことだと思ったからだ。

それ以外の理由なんてない。

それなのに……スマホを握る手に、ぎゅっと力がこもる。

さっきまでのふわふわした気持ちが嘘のように、体が重くなっていく。

光で溢れていた視界が、とたんに暗くなっていく。

『お前、可愛げがないんだよ』

健吾の声が耳の奥でよみがえる。

そうだ、これが現実だ。なんで忘れていたんだろう。

「……ごめんなさい、守谷さん。お誘いはすごく嬉しいんですけど、わたし、行けません。いろいろと、ありがとうございました」

「なにかあったんですか？」

「いえ、なんでもないんです。本当に、ここまでご一緒できて楽しかったし、救われました。でも、すみません。これで失礼させてください」

維人に頭を下げて、英奈は逃げるようにホールに向かった。

◆◇◆

演奏が終わったのは、二十時頃だった。

招いてくれたエリカに会うために、英奈は客席を出た通路でスマホを片手に待っている。観客たちが少なくなりはじめたところに、黒の衣裳の裾《すそ》を掴んだエリカが廊下の向こうから駆けてくる。

「英奈ー!!」

両手を広げたエリカに飛びつかれて、英奈は派手によろめきながらも彼女を抱き返した。

エリカの子犬みたいななつっこさは、高校の頃からまったく変わっていない。

二人が抱き合うのを人々が遠巻きに見ていたが、英奈もエリカも久しぶりの再会に夢中だ。

「来てくれて嬉しいよー！」

「招待してくれてありがとう。エリカすごかったよ、感動して鳥肌おさまらなかった」

「ホント？　英奈が見てくれてると思ったら、わたしも張り切っちゃった！」

アハハと声をあげて笑いながらようやく体を離したエリカは、大きな目をカッと見開いて英奈の肩を掴む。

「それより英奈！　わたしに言うことあるでしょ!?　まずはそれからじゃないの!?」

「え？　あぁ……健吾のこと？」

「そうだよ！　婚約おめでとう‼」

え――――？

英奈が凍り付いたことにも気付かないほどに、エリカは瞳を輝かせてはしゃいでいる。

「今日のお昼に、健吾がSNSに写真アップしてたでしょ！　嬉しくてお祝いのメッセージ送っちゃったよ！　そうだ、指輪見せて！」

肩を掴んでいたエリカの手が離れて、英奈の左手を取った。

「あれ？　エンゲージリングしてきてないの？　実物、見たかったのに――」

唇を尖《とが》らせたエリカは、顔を上げてようやく間違いに気付いたようだった。

喜びに染まっていたエリカの顔から、表情が消えていく。

「えっ……英奈、わたし……」

「うん、健吾とは、三ヵ月前に別れたんだ。だから、婚約の相手はわたしじゃないよ」

自分でもびっくりするくらい冷静な声が出た。

『エリカに別れたこと言ってないだろ？　復縁とか絶対ないから、ちゃんと言っとけよ』

そういうことだったんだ。

どうして今更連絡が来たのかと思ったけれど、エリカの話でようやくわかった。

健吾がSNSに書き込んだ婚約報告を、エリカは英奈とのことだと思い、祝福のメッセージを送った。エリカは事情を知らないのだからなにも悪くない。けれど、婚約相手を誤解されてしまうのは、健吾も、彼が選んだ相手も嫌な気分だろう。

だから健吾は、英奈との過去を清算するために連絡してきたんだ。

「サイテー!!　あの男、地獄に堕《お》ちればいいのに!!　英奈を九年も待たせておいて――

健吾のこと、見損なったわ！」

顔を真っ赤にして、エリカは感情的に叫んだ。

周囲の視線などものともせず、彼女は大きな目を潤ませて自分のことのように憤《いきどお》っている。

けれど、英奈はそんな彼女と一緒に健吾をこき下ろす気にはどうしてもなれない。

「ううん、わたしも悪かったから。仕事に必死で、ちゃんと健吾と向き合えてなかった」

「英奈……ごめん、事情も知らずに、わたしが先走って……。そうだ、これから飲みに行かない？　おごるから！」

「エリカはこれから打ち上げでしょ。わたしのことはいいから、楽しんできて」

エリカからは『コンサートのあとはちょっとしたパーティーがある』と事前に聞いていた。だから、積もる話は年明けに改めてと、予定を立てていたのだ。

「でも……」

泣きそうに眉を下げたエリカに、英奈はニコッと歯を見せる。

ほら、大丈夫だ。ちゃんと笑えてる。

「心配しないで。全然平気、大丈夫だから」

エリカに別れの挨拶をして、英奈はホールを飛び出した。

クロークで受け取ったコートを腕にかけたまま、暗い夜道を歩き続ける。

背後に感じていたホールの賑《にぎ》わいがどんどん遠くなり、ときどき英奈を追い越していく車のエンジン音以外は風の音しか聞こえない。広い間隔で立っている街灯が、でこぼこのアスファルトとくしゃくしゃの落ち葉を照らしている。

右足と左足を交互に出すだけの単純運動を続けていれば、きっと心は落ち着くはずだ。

そうだ、ショックなんて受けていない。

だって、健吾とは三ヵ月も前に別れたのだから。

彼がこれから誰とどんな人生を歩んでいこうとも、英奈の知ったことではない。

自分にはもう関係のないことなんだ。

「っ……」

堪《こら》えていた涙がどっと溢れ出して、前が見えなくなる。

ショックを受けていないなんて、大嘘だ。

手の甲で涙を拭いながら、英奈はとぼとぼと歩き続ける。

思い出したくないのに、頭の中では健吾と過ごした何回ものクリスマスと、二人の誕生日と、バレンタインデーと、お正月と、夏休みと……彼との思い出がいくつもよみがえってくる。はじめてのデートも、キスも、セックスも、ぜんぶ健吾に捧《ささ》げてきた。

二十六年の人生のうち、三分の一を一緒に過ごしてきた。

これからもそうだと、三ヵ月前までは当然のように思っていたのに。

（婚約って……）

なんで今日だったんだろう。

せめて、クリスマスが終わってからにしてくれたらよかったのに。

『このホテルさ、結婚式場の評判がいいんだって。ホールの近くだし、値段も手ごろだし、下見を兼ねてここで俺たちの恋人としての最後の記念日を過ごそう』

ホール近辺の宿泊施設を探していたとき、そう言い出したのは健吾だった。

英奈は舞い上がってホテルに予約を入れて、そして信じられないくらい惨《みじ》めなことに、今日一人でそのホテルに泊まっている。

寂しくないし、吹っ切れているし、平気だなんて強がっていたけど、実際はそうではない。

自分たちが迎えるはずだった記念日が、本当に消滅してしまった事実に傷付いている。

エリカにまで、『大丈夫』だなんて嘘をついた。

本当は大丈夫じゃない。全然、大丈夫じゃない。それなのに、人に甘えられずに意地を張る。

こういうところが可愛くないのだ。

「きゃっ……！」

アスファルトの裂け目にヒールが引っかかり、足がもつれる。ガードレールに掴まってなんとか転ばずに堪《こら》えたものの、立ち上がる気力なんて残っていない。泣きすぎて、頭がくらくらして、耳鳴りが止《や》まない。ここから一歩も動きたくない。

心がポキンと折れてしまった。

「うっ、ううっ……」

次から次へと溢れてくる涙が止まらない。しゃくりあげているうちに、息がどんどん苦しくなっていく。

周囲の音が遠くなり、かじかんだ指先の感覚もなくなってきた。

自分一人が暗闇に落っことされたみたいだ。

その場にしゃがみ込んだまま、こどもみたいに泣いていた英奈の肩に、そっと誰かの手が置かれた。

びくりとして振り向いた視界は、車のヘッドライトに眩《くら》む。

「葉月さん、大丈夫ですか」

目は眩《くら》んだままだったが、落ち着いたその声は誰のものかすぐにわかる。瞬《まばた》きをした拍子《ひょうし》にこぼれ落ちた涙を、維人の指がゆっくりと拭った。

「すみません、来るのが遅かったですね。冷え切ってる」

光に慣れた目に、苦しげに眉根を寄せた維人の表情が映る。

どうして彼がここにいるのか、どうしてこんなに優しくしてくれるのか、訊くべきことはたくさんあるのに、彼のコートを肩に掛けられた瞬間、意地っ張りな心がほどけた。

「守谷さん……」

ぽろぽろと涙をこぼす英奈の背に、彼の腕が回される。維人のシャツから香る優しい香りに、少しずつ息が整い、彼のぬくもりが芯まで冷えた体に熱をくれる。

「大丈夫ですよ、葉月さん。俺に甘えてください」

広い胸に自分を受け入れてくれている維人の腕の中で、英奈は小さく頷いた。

3

「わぁ、美味しい」

口の中に広がる甘酸っぱいベリーと、ふわっと鼻に抜けるバニラの香り。これがお酒だなんて信じられないけれど、しっかりアルコールは入っている。

――ホテルに戻ったのは、二十一時を少し過ぎた頃だった。

維人にお腹は空いているかと訊かれて、英奈は首を横に振って答えた——と思う。

そのときの英奈はほとんど放心状態で、自分がどんな受け答えをしたのか、記憶は曖《あい》昧《まい》だ。

彼に手を引かれて案内されたのはホテルのラウンジで、英奈の前にはロイヤルミルクティーとサンドイッチが並べられた。あやふやな返事しかできない英奈にメニューを見せて悩ませることなく、食べられそうなものを黙って用意してくれたのだ。

ロマンティックディナーを楽しむカップルひしめくレストランではなく、人の少ない静かなラウンジを選んでくれたのもありがたかった。

軽食を終えてようやく目に光を取り戻した英奈を、彼はホテルのバーに連れて行った。まだ一人になりたくないという英奈の気持ちを、彼はわかってくれていたみたいだった。

バーは、夜の海を一望できるカーテンウォールを青い照明がゆらゆらと照らす幻想的な空間で、恋人たちの聖域のようではじめは落ち着かなかった。

けれども、通された席は入ってすぐのカウンターではなく奥まったボックス席で、ほどよく配置されたオブジェのおかげで、周囲は視界に入らない。

みっともなく泣き腫らした顔を隠せそうな暗さも手伝って、気持ちは徐々にやわらいでいった。

彼は事情を問いただしたり、無理に明るい話題を振って励ましたりすることもなく、英奈のペースに任せてお酒を飲ませてくれる。

そうやって、英奈を大事にして、甘やかしてくれる。

彼の優しさに、英奈もすっかり甘えてしまっていた。

彼がいてくれなかったら、今頃自分がどうなっていたのか想像もつかない。

ロックグラスに入った、ピンクのとろりとした液体をもう一口含み、ほうっと息を吐き出してソファの背に体を預ける。隣に座る維人は、お酒が進んでも穏やかな表情を崩さない。

「あれ……？　わたし、なんの話してましたっけ？」

はじめて飲むカクテルに心奪われて、さっきまで自分がなにを話していたのか忘れてしまった。いけない、すっかり酔いが回っている。

「近くのコンビニの品揃えについて」

「……わたし、そんなどうでもいい話をしてたんですね……」

「どうでもよくないです。お気に入りのカフェオレの取り扱いがなくなって、一駅先のコンビニまで毎晩足を運んでるなんて、大問題じゃないですか」

「そんなくだらないことを……恥ずかしい……」

両手で顔を覆うと、維人の軽い笑い声が聞こえてくる。

ほろ酔い気分でどうでもいい話をペラペラしゃべっている英奈と違って、彼には少しも変化がない。

健吾はお酒が入ると、やたらと声と態度が大きくなった。会社の上司や同僚もそうだ。忘年会や新年会で、「体育会系」のノリで騒ぐ彼らを、英奈はいつもちょっと冷めた目で見てしまっていた。

維人のように、静かにお酒を嗜《たしな》める男の人のほうがかっこいい。

「守谷さんは、お酒にお強いんですね」

「そうでもないです。付き合い程度しか飲まないですし」

この数時間で、彼のことをいろいろ知った。

大学時代からの友人とＩＴ系の会社を経営していて、現在二十九歳。一人暮らしで、独身。

「たばこも吸わない、ギャンブルもしない、お酒もほとんど飲まない……」

イケメンで、仕事で成功していて、性格もよくて……彼に欠点はあるのだろうか？

聖人のような人だ。

英奈が尊敬の眼差しを向けると、彼は一見クールな目元をやわらかくして、首を横に振った。

「俺は、葉月さんが思ってるような人間じゃないですよ」

「守谷さんって……もしかして、人の心が読めるんですか？」

「葉月さんがわかりやすいんです」

それはどうだろう。維人の観察力が優れているのではないだろうか。

もしくは、彼が英奈の気持ちを引き出すのがうまいのか。

「――そういえば、葉月さんはスポーツメーカー勤務でしたね。どうしてスポーツメーカーに？」

ロックグラスを傾けながら、彼は切れ長の目でチラリと英奈を見る。琥珀色《こはくいろ》の液体を口に含む彼の所作は、上品なのに艶《つや》っぽい。

彼に見惚れてしまったことに気付いて、取り繕《つくろ》うように英奈もベリーのカクテルに口をつける。

「わたし、中学高校と陸上をやってたんです。長距離――マラソンとか駅伝じゃないほう。結局陸上は高校で辞めちゃったんですけど、シューズにはすごく思い入れがあったので、作る側にまわりたいと思って、今の会社に就職したんです」

「夢を叶えたってことですか？」

「うーん……どうだろう、最近になって、やっと夢に近付いたといったところです」

入社二年目までは、営業で鍛えられた。

三年目になって、学生時代の陸上経験からユーザー目線を買われて企画部に配属されたが、英奈が出した案はまだ日の目を見ていない。手が届きそうで届かない目標を追いかけるのは、学生時代も社会人になってからも同じなんだと痛感する日々だ。だけど、充実しているし、今の部署で頑張っていきたいと思っている。

……仕事に夢中になりすぎて恋愛を疎《おろそ》かにした結果、彼氏を失ってしまったけれど。

「仕事が好きなんですね」

気持ちが落ちかけた英奈を、維人の優しい声が引き戻した。

ダークブラウンの瞳には批判的な色は少しもなくて、英奈を認めてくれているみたいで照れくさい。だけど嬉しい。この三ヵ月間、ずっと英奈を縛ってきた仕事への罪悪感を、彼はたった一言で解《と》きほぐしてくれた。

彼は、すごく不思議な人だ。

初対面の自分にここまで良くしてくれる理由はないはずなのに、心を読んだみたいに英奈がほしい言葉をくれて、こんなにも優しくしてくれる。

「守谷さんは、どうしてこんなに親切にしてくれるんですか……?」

維人の目が、またすーっと細められる。

まただ。また、英奈を映す彼の瞳に、甘い熱が宿っている。

「葉月さんが好きだからですよ」

心臓が飛び上がってドッと変な汗がふき出した。顔に熱が集中している。

ライクのほうですか？　なんてふざけられる雰囲気ではない。

彼の眼差しは真剣で、見つめ合ううちに胸がキュンとしてしまう。

だけど、そんなわけがない。

今日はじめて会った相手だ。優しく親切にしてくれる彼に英奈が惹かれるのはわかるとしても、彼が英奈を好きになる要素なんてないはずだ。

みっともなく道端で泣き崩れて、ヨレヨレの姿を見られてしまったし、その前には、失礼にも彼の誘いを断った。

「そんなわけ……だって、初対面ですし……」

ほんの一瞬、彼は答えを探すみたいに目を伏せた。

「そうですね……一目惚れかもしれません」

「あっ――ありえない」

笑って否定した英奈に、維人は体ごと向きなおった。

膝が触れて、彼のぬくもりが伝わる。

抱きしめられたときの感触や匂いが呼び起こされて、肌がざわりと粟立《あわだ》った。

「どうしてありえないと思うんですか？　葉月さんは可愛いですよ。俺は、こんなに笑顔が素敵な人をほかに知りません」

「そ、そんな……」

英奈の脳は、ありえない状況を否定しようと必死になって今日一日をさかのぼっていく。

自分は、彼の前でそんなに笑っていただろうか？

酒が入ったうえに混乱した頭では、うまく記憶を辿《たど》れない。

「葉月さんの素敵なところは、可愛らしさだけじゃないですよ。面識のないご夫婦の力になろうとする優しいところも、強がりで、頑張りすぎるくらい頑張り屋なところも、俺は好きです。だから、俺には甘えてください。俺が、葉月さんに甘えてほしいんです」

顔から火が出そう……

こんな情熱的なセリフは、現実のものだなんて思えない。

恥ずかしさのあまり、顔を伏せてグラスを取り、とろりとしたカクテルをいっぺんに流し込んだ。しかし、味がしない。脈だけがやたらと加速して、体がどんどんふわふわしていく。

もしかして、夢を見ている？

素敵な人と、甘い夜を過ごす夢――

クラリと目が回る。

英奈の手から、空《から》のグラスがそっと奪われる。

ふらついた英奈の体が引き寄せられて、彼の肩に頭を預けるように支えられた。

距離が縮まると、彼の匂いに包み込まれてしまった気がした。

「そろそろ、お開きにしましょう。部屋まで送ります」

帰りたくない……なんて、自分らしくない言葉が浮かぶ。

維人を見上げると、ちょうど彼も英奈の顔を覗き込もうとしていたところで、鼻先が触れ合いそうな距離に彼の端整な顔があった。

時が止まったみたいに、二人は互いに見つめ合ったまま動けなかった。

ダークブラウンの瞳が、また英奈を甘やかそうと瞬《またた》いている。

彼の指先が頬を辿《たど》って、優しくうなじに差し入れられていく。

くすぐったさに首をすくめながら、英奈はゆっくり目を閉じた。

◆◇◆

「葉月さん」

「ん……？」

英奈は重い瞼《まぶた》を押し上げて、自分を呼ぶ維人をぼんやりと見上げる。

淡いオレンジの明かりが視界を照らし、眠気を誘う。

頭の中がふわふわしている。体が熱くて、指一本動かすのも億劫《おっくう》だ。

ここは、どこだろう……

真上から英奈を見下ろす維人が、こつんと額《ひたい》を合わせてきた。

「今、落ちてました？」

落ちていた……？

首を傾げようとすると、頭の下でやわらかな枕が形を変える。いつの間にか、ベッドに寝かされているらしい。

「俺となにしてたか、覚えてますか？」

困ったような、英奈をからかっているような維人の声に、頼りない記憶の糸をなんとか手繰《たぐ》り寄せようとする。

「守谷さんと……バーで、お酒を飲んでました……」

「それから？」

大きな手が、優しく髪を撫でてくれるのが心地いい。

酩酊《めいてい》した英奈の口元には、自然と笑みが浮かぶ。

「んー……」

維人と、いろんな話をした。楽しくて、つい飲み過ぎてしまって……それから……

おぼろげな記憶の最後は、英奈にとってずいぶん都合のいいものだった。

『葉月さんが好きだからですよ』

――あぁ、わかった。これは夢だ。

いったいどこの物好きが、平凡顔の地味なフラれ女をお持ち帰りするというのか。あまりにも惨《みじ》めな英奈を哀《あわ》れんで、神様が極上の夢を見せているに違いない。

だったら、この夢を楽しんでみるのもアリだ。

「守谷さんが、好きだって……いっぱい、褒めてくれて……甘えていいって……」

ふふっと笑ってしまう。いったい、どこからが夢だったんだろう。すごく幸せな夢だ。

「そのあとは？」

「ん－……あ、キス……」

バーで、キスをした。

唇が重なって、濡れた舌が絡み合って、首筋を撫でられて……信じられないくらい気持ちが良かった。

「バーを出たあとも、たくさんしましたよね。覚えてますか？」

それは知らないけれど、夢の中の設定ではそうなんだろう。

芸能人が同僚になっていたり、ゾンビに追いかけられたり、空を飛んだり。夢なんて、辻褄《つじつま》が合わないのが普通だ。

適当にうんうん頷くと、維人は眉尻を下げて苦笑した。

「葉月さん……かなり酔ってますね」

「ううん、ぜんぜん、酔ってないですよ……」

「俺が、もっと良識のある人間だったら良かったんですけど」

なにを言っているんだろう。彼はすごくいい人だ。見ず知らずの人にも優しくて、大人の余裕があって……

「好きですよ、葉月さん。優しくしますから」

「あっ……」

腰に触れられて、自分のものとは思えない甘い声が漏れる。

ふと見ると、英奈は下着姿だった。恥ずかしさが込み上げてきたが、腰に置かれた彼の手から伝わる熱に、いとも簡単に溶かされてしまう。

「続けていいですか?」

なにを？　なんて訊かなくてもわかる。

ノーと言ったら、夢から覚めてしまいそう。まだまだ、彼の腕の中で甘えていたい。

「はい」と小さく返事をした英奈に、彼が触れるだけのキスをする。

本当の恋人みたいに、キスは徐々に深くなり、薄く開いた唇を彼の舌が割った。口付けに翻弄《ほんろう》された英奈は、夢に身を委《ゆだ》ねて彼のシャツをぎゅっと掴んだ。

すると維人は愛おしげに英奈の髪を撫でて、何度も英奈の名前を呼ぶ。

気持ちいい。彼のシャツ越しに伝わる体温と、愛情深いしぐさに心がほどけていく。

「本当に触りますよ、葉月さん。いいですか？」

「はい……………んっ……」

するりと背中に回った手が、慣れた手付きでブラのホックを外した。締め付けから解放されて体は楽になったけれど、腕から肩ひもを抜かれて彼が上体を起こすと、途端に心許《こころもと》なさに襲われる。

「どうして隠すんですか」

「は、恥ずかしい……」

「可愛いですね。でも、俺には全部見せてください」

「どうして見るんですか……」

「葉月さんが好きだからです。俺は、葉月さんの全部が知りたいんです」

胸を隠した英奈の手が、優しく取り払われてシーツの上に落とされる。

夢のはずなのに、羞恥心《しゅうちしん》まですごくリアルで戸惑ってしまう。

乳房があらわになると、維人は目を細めて息をついた。

「葉月さん、綺麗です。すごく綺麗だ」

彼は惚れ惚れしたように英奈の裸体を見下ろしながら、両手を腰から上へと滑らせる。

胸に到達した大きな手は、ふくらみを優しく包むようにして揉みはじめる。乳房全体が彼の熱に温められ、頭がさらにふわふわしてしまう。

「感じやすいんですね。硬くなってる」

「あっ……！」

先端をぐにっと押しつぶされて体が跳ねた。

優しく全体を揉みながら、時折ツンと立った乳首を転がされ、そのたびにビクビクと体が震えて甘ったるい声がこぼれてしまう。

「あっ、ん……ぁ……そこ、もぅ……ダメ……」

与えられる快感があまりにもリアルで、英奈はぎゅっと枕の縁《ふち》を掴んで目を瞑《つむ》る。再び彼の上体が迫り、全身が維人の熱と匂いに包まれた。

「嫌いですか？」

そうではないけれど、腰の内側が疼《うず》いて、もどかしくて苦しい。

嫌だとかダメだとかじゃなくて、気持ちよすぎて怖いのだ。こんなふうに、時間をかけて愛されたことなんてなかったから。

けれど、彼はそんな英奈の不安も見透《みす》かして、優しく寄り添ってくれている。

首を横に振った英奈の気持ちを探るように、彼の手が胸から離れて下肢に伸びる。

「こっちを触ってほしい？」

ショーツのクロッチをひと撫でされて、内腿《うちもも》がビクンと震えた。そこがどんなに湿りけを帯《お》びているかがわかり、英奈の頬に熱が集まる。

「赤くなって可愛いですね、葉月さん」

艶《つや》っぽい低音にゾクリとした。

ショーツをよけて、彼の指が濡れた秘部に触れる。維人はやわらかな手付きで花弁を広げ、ゆるゆると指先で蜜口を探る。

「力を抜いててください」

「はい……」

反対の手で髪を撫でられると、体は素直に彼を受け入れようと弛緩《しかん》していった。

とぷりとぬかるみに沈み込んだ長い指が、膣壁を擦りながら奥へ進む。じれったいほどゆっくり抜き差しされて、お腹の奥がズンと重くなる。

とろけきった花芯を愛撫する指が増やされて、強い刺激に腰の内側から熱が全身に広がった。淫猥《いんわい》な水音がどんどん大きくなっているのは、気のせいではない。

「葉月さん、感じてくれてるんですか？　すごく濡れてる」

「んっ、ちがっ……！　あっ、ぁあっ……！」

否定的な言葉を口にしても、体は彼のもたらす愉悦《ゆえつ》に溺れきっている。

悶《もだ》える英奈に何度も口付けを落として、彼は「可愛い」と繰り返す。

快感に抗《あらが》うように唇を噛んで息を乱す英奈の耳に、低い声が注ぎ込まれた。

「声、我慢しないで聞かせてください」

英奈の上唇を食《は》んで、誘うように唇を開かせてから、維人は舌を侵入させてきた。声を堪《こら》える手段を奪われた英奈は、維人の舌と指を受け入れたまま喉を鳴らし、汗ばんだ体を震わせながら縋《すが》りつくように彼のシャツを掴んだ。

「ダメ、もり、やさんっ……！　あっ、やだ、いっちゃう……！」

維人の片腕が背後に回り、英奈をぎゅっと抱き返す。

与えられ続ける快感に呑み込まれて、瞼《まぶた》の奥で星が散った。

「あっ――！」

ガクガクと震えながら果てた英奈は、胸を波打たせて脱力する。腕の中でくったりとした英奈の体をぎゅーっと抱きしめて、維人は深い息をついた。

「可愛い……」

堪《こら》えきれないようにこぼして、彼は何度も英奈の髪を撫でる。愛情深い行為に心がとろけて、幸せな気持ちがふわふわと膨らんでいく。

肌を重ねる行為に、こんなに幸せな時間があるなんて知らなかった。彼と出会えなかったら、一生知らないままだったかもしれない。

朦朧《もうろう》としながら、英奈は維人の広い背中に腕を回した――

◆
◇
◆

瞼《まぶた》に朝日を感じて、英奈はパチリと目を覚ました。

真っ先に目に飛び込んできたのは見知らぬ天井で、距離感や照明の違いから、自分がホテルに滞在していることを思い出す。

そうだ、昨日は最低最悪のクリスマスイブを経験したではないか。

この先二度とサンタクロースもトナカイも見たくないと思うくらい、心の傷は深かった。

(守谷さんがいてくれなかったら、どうなってたんだろう)

彼には感謝するばかりだ。

それにしても、昨夜飲み過ぎたせいか、頭が痛い。頭だけでなく、体もあちこちが——

掛け布団の中で身じろいだ英奈は、自分の隣に横たわる物体を認識して、勢いよく飛び起きた。

(もももも、守谷さんっ!?)

同じベッドで、守谷維人が眠っている。

顔だけ横に向け、うつぶせになって寝ている彼は、掛け布団から肩がはみ出していて、少なくとも上半身は裸。

絶望的な気持ちで、英奈は自分の体を見下ろす。

全裸。

すっぽんぽんである。

（ふあああああああああああ！！！）

両手で顔を覆い、心の中で絶叫した。

夢だと思っていたのに！　夢では！　なかった！

（ああああどうしたら——いや、待って、最後どうなったんだっけ……⁉）

記憶をさかのぼると、バーでの会話や、そのあとのベッドでの甘いひとときは覚えているが、一度目の絶頂のあとからの記憶は途切れてしまっている。

もしかして最後までしていない可能性も……と考えたけれど、どこまでしたかなんて問題じゃない。自分が裸で、昨日知り合ったばかりの男の人と寝ていることが問題なのだ。

（どうしよう……）

いくつもの意味のこもったどうしようを心の中で唱えながら、英奈はぼんやり維人の寝顔を見下ろす。

寝顔は、少しあどけなく見える。

だけど、彼は大人の男の人だ。

整った容姿に、会社経営者というステータスに、穏やかで優しい性格。

彼が入れ食い状態を楽しんでいるとは思わないけれど、女に困っていないのも事実だろう。

これが行きずりの夜というやつだろうか……

(でも、守谷さんは、一晩のために嘘をつくような人じゃないと……思う……)

彼の言ってくれた『好き』を、嘘だと思いたくない。

笑顔が素敵だと言ってくれた。

仕事を頑張りたい気持ちも理解して応援してくれて、強がりなところもわかってくれている。彼の観察力には驚かされるし、きっかけが『一目惚れ』だなんてありえないとは思うけれど……

(……あれ?)

ふと、英奈の中で違和感が首をもたげた。

『そうですね……一目惚れかもしれません』

バーで、自分に親切にしてくれる理由を尋ねたとき、彼はそう答えた。

しかし、彼が英奈と出会ったのは、ホテルのチェックイン手続きのときだ。

『失礼。知り合いとよく似ていたので、つい』

驚いたような顔で英奈を見つめた彼は、確かにそう言った。

英奈と維人は初対面だ。

それなのに、あのとき彼が自分を見る目には、すでに特別な熱量があった。

つまり、あの視線は、英奈ではなく彼の「知り合い」に向けられたものということになる。

(知り合い……？　わたしに似た知り合いって、誰……？)

もし、家族や親戚に似ているなら抱けなかっただろう。苦手な相手や、親しい同僚でも同じだ。

英奈を抱けたのは、彼がその「知り合い」に、特別な感情を抱いていたからではないのか？

そう考えると、すべての辻褄《つじつま》が合う気がした。

維人ははじめから英奈に親切だった。ホテルとタクシーの中で少し会話しただけで、食事に誘ってきた。それに、英奈は昨日、彼の前で『笑顔が素敵』と言われるほどキラキラと笑っていたわけではないはずだ。

(そっか……わたしは、その人の代わりだったのかな……)

あの甘い視線も、言葉も、英奈の向こう側にいる特別な誰かに向けられたものだったら……

今すぐ維人を起こして、そうじゃないと否定してほしいと思う反面、真実を知ってしまって、最悪のクリスマスイブからもっと最低のクリスマスを迎えるのは、耐えられなかった。

ぽっかりと胸に穴が空いたみたいに寂しさが押し寄せてきたけれど、それには気付かなかった。

ないふりをして、英奈は書き置きを残して彼の部屋から出て行った。

――それが、一夜の顛末《てんまつ》である。

4

株式会社キッピングは国内スポーツメーカーで、多数のスポーツ用品を取り扱っている。

企画部に所属する英奈は、その中でも一般向けのランニングシューズ――世間で指す「運動靴」の企画チームの一員だ。

キッピング本社はオフィス街にあり、英奈の仕事場はその十四階。

駅チカで通勤は楽だし、オフィス街なので周辺には美味しい食事処《しょくじどころ》がたくさんある。

問題は、その利便性のよさが、運動不足に直結しかねないところだ。

小中高陸上部に所属していた英奈は、基本的に体を動かすのが好きだ。

今は仕事で手一杯で、朝に公園をジョギングしたりスポーツジムに通ったりする余裕はないが、甘やかしたら甘やかした分だけ体は鈍《なま》る。

バリバリ仕事を頑張るためにも、体力は必須。

そういうわけで、英奈は十四階のオフィスまで、毎朝階段で上がっている。

十四階に到着したあとは、企画部の隣にある休憩室に向かい、持参したお茶を冷蔵庫に放り込み、コーヒーを飲みながらスマホでニュースをチェックするまでが英奈の朝のルーティーンだ。

休憩室はカフェのようにカウンターとテーブルが配置されており、英奈と同じく、ここで朝のスイッチを入れようと準備中の社員が十人ほど好きな場所で席についている。

英奈は、いつものように窓辺のカウンターに座った。

隣に建ったばかりのビルが、ほどよく朝日を隠してくれて、過ごしやすくなった。

しばらくコーヒー片手にニュースを流し読みしていると、背後から声が掛けられた。

「葉月、おはよう。今日も早いね」

「あっ、碇《いかり》さん。おはようございます」

直属の上司である主任の碇は、二歳と四歳の娘二人をスマホの待ち受けにしている家族思いなパパさんだ。毎日愛妻弁当とコーヒーを持たせてくれる十歳年下の奥さんにベタ惚れで、そういうところがチームの女子社員から「安全」と評されて慕《した》われている。

英奈も、セクハラまがいの失言を繰り返す課長より、主任の碇を頼りにしていた。

「今日の会議、部長も来るらしいよ。部内プレゼン、張り切って頑張ってくれよ」

一つ椅子を空けてカウンターに座った碇は、タンブラーを傾けながら、英奈に親指を立てた。

「部長も来るんですか。緊張しますね……頑張ります」

「今回の葉月の企画は、チーム内でもウケが良かったからなぁ。葉月も気合い入ってるんだろ？　勝負服だもんな」

今日の英奈は、ブルーグレーのブラウスに、いつもよりかっちりめのパンツスタイル。

碇が言っている「勝負服」とは、英奈のブラウスの色のことだ。

「それいつも言ってますけど、関係ないですよ。手持ちに青の服が多いだけです」

吊り目の英奈は、白のブラウスを着ると「いかにも意地悪なお局様《つぼねさま》」のようになってしまう。

かといって、ピンクやイエローの可愛らしい色合いも似合わないので、ついつい無難《ぶなん》な青を買うことが多いのだ。だから、プレゼンのときはブルーのブラウス。

それが碇には勝負服で決めてきたように見えるのだろう。

自分の服をチェックするようにお腹のあたりのシャツを掴んだ英奈に、碇が首を傾げた。

「あれ？　葉月、洗剤変えた？」

「え？」

「なんか、いつもと匂いが違う。いや、違うからな、セクハラに思わないでくれよ？」

「わかってますって」

碇がセクハラしてくるだなんて思っていない。課長じゃあるまいし。

だが、女子として匂いは気になる。

英奈は腕を鼻に引っ付けてみて、碇がなにを言っているのかを理解した。

自分から、ふわりと香る優雅《ゆうが》なバラの匂い。

「あー……最近、ちょっとポプリを量産していまして」

一週間前に届いたバラの花束。

維人との通話を一方的に終わらせた英奈は、あのあと急ぎでバラの花束をロッカーに放り込んだ。それでも、どこからか英奈に花束が届いた噂は広まってしまい、同僚や上司から好奇の眼差しを浴びることになった。後輩の西なんて『やっぱり葉月さんへの贈り物だったんだ……！』と目をキラキラさせる始末で、本当に目立ってしまって困らされた。

その花束を持って電車に乗り込んだらどれだけ人に見られるか……考えただけでゾッとしたのに、捨てられなかった。

美しいバラに罪はないと思って、持ち帰ったのだ。

……別に、送り主が維人だったからではない。

綺麗なバラがしおれてゴミになってしまうのは忍びなく、活用方法をネットで検索して、ポプリにした。

タンスに入れておいたらいい香りが服につくだろうと思ってのことだったが、百本近くあったので、タンスに忍ばせるどころではない量になりそうだ。

今、英奈の部屋はどこの貴族かというくらいバラの芳香《ほうこう》で満たされて、四六時中維人のことを考える羽目になってしまっていた。

「ポプリって、あー、あのバラか？」

碇にニヤリとされて、英奈はそーっと視線を逸らした。

「わかりやすいやつだなぁ。そうかそうかー、葉月に新しい彼氏がなぁ」

「ち、違いますから！」

顔が熱くなっているのを自覚しながらする否定は、自分でも痛々しい。

だけど違う。本当に、そうじゃない。

（だって、あれから連絡もないし……）

英奈が一方的に電話を切ったあと、維人からはなんの音沙汰《おとさた》もない。

番号通知をしてかけたのだから、彼は英奈の連絡先を手に入れたはずだ。

だが、折り返しの連絡もない。

きっと、ちょっとした思い付きで連絡してみたものの、英奈の反応が可愛くなくて、興味をなくしたのだろう。

（でも、ちょっとした思い付きで、会社まで特定するかな……？）

問題はそこだった。スポーツメーカーに勤務しているのは話したが、社名は教えていない。いくつもあるメーカーの中から、しらみつぶしに英奈を探したのだろうか？

それとも、興信所《こうしんじょ》に依頼したのか？

それに最近、身の回りでちょっとおかしなことが続いているのだ。

「どうした？　ラブラブ彼氏がいるわりに浮かない顔して」

「だから、彼氏じゃありません。いえ、最近ちょっと、神経過敏《かびん》気味というか」

「なんかあったのか？」

「うーん……ときどき、視線を感じるというか……あとをつけられてる気がするというか……」

帰宅時に、自分の足音に別の足音が混ざっている気がして振り返ったり、仕事中も、ふと視線を感じてキョロキョロしたり。

それ以外にもあるのだけれど……

おそらく、維人に会社を特定されたのが、自分が思っている以上に衝撃だったのだ。だから、いつもどこかで彼が自分を見ているような気がして落ち着かないに違いない。

「それってストーカーじゃないのか？」

「まさかぁ」

「気を付けろよ。ラブラブ彼氏に守ってもらえ」

碇がラブラブ彼氏と思っている人物こそが、ストーカー容疑者の最有力候補だとは言えない。

碇に引きつった笑みを返すと、ブーッとバッグの中でスマホが唸《うな》りを上げた。

取り出したスマホのディスプレイには、維人の番号が表示されている。

「ラブラブ彼氏かな？　オッサンは失礼するよ」

碇はニヤニヤしながら去って行った。

これは、なんの連絡だろう？

手の中で自分を呼び続けるスマホを睨んでいた英奈は、意を決して通話ボタンをタップする。

「…………はい」

『上司と仲が良いんですね。妬《や》けるな』

「っ――――!?」

首がちぎれんばかりに周囲を見回す。

けれども当然、休憩室に維人の姿はない。

「……見てるんですか？　どこで!?」

『葉月さんが思ってるよりそばにいますよ』

とろけるほど優しい声で言われて、英奈は混乱する。

いくつものラブソングに登場する「そばにいるよ」が、こんなに怖く感じるってどういうことだろう。

「わ……わたしを監視してるんですか？　どうして？　やめてください」

『それより、バラは気に入ってもらえましたか？』

「バ、バラは綺麗でしたけど……違う、守谷さん。こういうの、本当にやめてください。何がしたいんですか？」

『好きだって言いましたよね。俺は、葉月さんに気持ちを伝えようとしてるだけです』

甘い声とストレートな言葉に、あの日の記憶が呼び起こされて思わずドキリとしてしまう。

（す、好きって……）

いや、ダメだ！

騙《だま》されるな、葉月英奈！

こんなやり方、健全でも誠実でもない。

弄《もてあそ》ばれているに決まっている。

だって、本当に英奈が好きで忘れられないだけなら、もっとほかにやりようがあるはずだ。

「……だったら、見張るようなことをしなくても、連絡してそう言えばいいじゃないですか」

『電話を切ったのは葉月さんですよ』

「そうですけど……あんなことされたら、びっくりして当然です。本当にわたしと話したいんだったら、折り返してくれたら済む話でしょう?」

『要するに、この一週間、葉月さんは俺からの連絡を待ってくれてたってことでいいですか?』

「ち、違います!」

どうしてそんな解釈になるのか!

カウンターチェアから立ち上がって強く主張した英奈の耳に、彼が笑ったときに漏らす吐息が聞こえる。

『そういうことにしておきましょうか。ところで、葉月さん』

「はい!?」

やけくそ気味に返事をした英奈に、彼はまたフッと笑った。

『今日も可愛いですね』

この男《ひと》は――!!

スマホの画面が割れんばかりの強さで通話終了ボタンを押す。

なにが『今日も可愛いですね』だ！

英奈はバッグを掴み、飲みかけのコーヒー片手に逃げるように休憩室を出て、オフィスに駆けこむ。彼の目の届かないところに隠れたかった。いや、休憩室だって見えていないはずだし、オフィスが安全とも言い切れないけれど！

自分のデスクに着くと、出勤したばかりの後輩の西が、どんぐりみたいな目をパチパチさせて首を傾げていた。

「葉月さん、走って来たんですか？　顔が真っ赤ですよ？」

「あー違う違う」

コピー機から用紙片手に戻ってきた、通りがかりの碇がひらひらと手を振った。

「例のラブラブ彼氏から、朝のラブコール」

「えーっ！」

「違いますからっ‼」

幸せいっぱいの碇と、恋に恋する乙女の西がタッグを組んで英奈を好奇の目で見つめている。

火が出そうなくらい熱い顔でいくら否定しても意味がないことくらい、英奈だってわかっている。けれど、理解してほしい。事態はもっと深刻なんだ！

（なんでこうなったの……⁉）

頭を抱えた。

一夜の過《あやま》ちを犯した相手が、ストーカー化してしまうなんて……

どうやら自分は、とんでもない男に手を出してしまったらしい。

◆　◇　◆

「はぁぁぁぁ……」

赤信号で立ち止まった英奈は、今日一日中頭の中を占拠《せんきょ》していた彼のことを、また考えてしまっていた。

(守谷さんは、何がしたいんだろう……)

『好きだって言いましたよね。俺は、葉月さんに気持ちを伝えようとしてるだけです』

思い返せば、真剣な声だった気もする。

けれど、友人たちとの女子会でも、ドラマや映画の世界でも、どこかで監視しながら『思ってるよりそばにいますよ』なんてアプローチは聞いたことがない。

花束とメッセージカードまでは、まだわかる。それだって英奈からすると大胆だと思うけれど、求愛行動としては理解できる。

でも、どこからか監視するなんて……しかも、それを自ら伝えてくるなんて……

（それに、わたしは誰かの身代わりだったんじゃないの？）

彼が特別に思う誰かに似ていた、それが英奈。

逃げ出した英奈は、彼の優しさが自分に向けられたものではなかったことをひどく悲しんでいる自分に、しばらくしてから気が付いた。

健吾は、いつも英奈に否定的だった。

夢のために大学受験の勉強をはじめた英奈に『スポーツ推薦をもらったほうがいい大学に行ける』と言ってみたり、就職してからも、営業部に配属された英奈に『ほら、やっぱり企画なんて無理だっただろ？』と言ってみたり。

英奈は、高校でもサッカーをやっていた健吾が推薦で大学進学することも応援したし、大学に入ってからも、彼が来てほしいという試合には必ず顔を出した。試合前のナーバスな時期につらくあたられても、甘えているんだと思って耐えてきた。健吾が大学三年でサッカーを諦《あきら》めて、高校教師を目指すと決めたときだって、自分なりに一生懸命励ましたつもりだった。

自分が励ましてきたように、この仕事を頑張りたいという気持ちを、彼にも応援してほしかった。

けれど、健吾は英奈を裏切って、「らむちゃん」と浮気して。

健吾の言うように、ただでさえ可愛げがない性格なのに仕事ばかり優先して、頑張って女の子らしく振る舞えなかった英奈にも非はあるし、健吾だけを責めることはできないと思っている。

だけど、そういう可愛くないところも含めての葉月英奈だ。

それを、維人は受け入れてくれた気がしたのだ。

初対面で、お互いのことなんてなにも知らないのに、彼はずっと前から英奈を知っていたみたいに、甘えさせてくれた。健吾の前では張らざるを得なかった意地を、維人の前では張らずに済んだ。

だから、あの夢のような甘い一夜は、英奈の中でずっと消えてくれなかった。

失恋を失恋で上書きしただけの、苦い苦いクリスマスだった。

四ヵ月経って、やっと維人のことを思い出さなくなってきたところだったのに。

(『忘れられない』って……)

メッセージカードの一文を思い出し、四月の夜風に撫でられた頬がジワリと熱を帯《お》びていることに気付く。ぶんぶん頭を振って、暗示のように繰り返した。

(守谷さんは、ほかの誰かのことが好きで、わたしはその人に似てたってだけ)

――だが、それならここまでして追いかけてくる？

もしかしたら、『知り合いに似ていた』というのはただの言い訳で、本当は彼の言うように一目惚れだったりして……

（いや、ないない。それだけはない）

互いの連絡先は知っているのだから、彼に電話して真相を確認してしまえばいいのに、ストーカーと化した彼に自分からコンタクトを取る勇気は出ない。

（それに、今朝の電話から連絡もないしね）

もしかしたら、諦《あきら》めてくれたのかもしれない。

信号が青に変わり、英奈は彼について考えるのをやめて、短い横断歩道を渡った。

二十二時の裏通りは静かだ。

車がギリギリ一台通れる道幅で、両側にはマンションや駐車場が並んでいる。朝は通勤通学の人々を見かけるが、夜の人通りはほとんどない。

この裏道まで来ると、英奈が一人で暮らしているマンションまで徒歩で十分とかからない。

（帰ったらゆっくりお風呂に浸かろうっと）

のんびり歩いていた英奈は、ふと背後に人の気配を感じて振り返った。

しかし、うしろには人通りのない夜道が続くだけ。

誰もいない。

自分のパンプスの靴音に、確かに別の靴音が混ざって聞こえた気がしたのだけれど……

（考えすぎ）

きっと、野良猫の足音かなにかだったのだろう。

朝から「ストーカー」なんてワードが浮かんだから、過敏になってしまっているのだ。

早足で自宅マンションまでたどり着いた英奈は、何度か背後を確認しながらオートロックを解錠してエントランスに入った。

エントランスの自動ドアが閉まり、外と内を隔《へだ》てる扉の電子ロックの音が聞こえると、安全なテリトリーに入ったようで、無意識にほっと息をついた。

いつものように集合ポストを確認し、不要なチラシをゴミ箱に捨てていくためにその場で分類する。

請求書はいる、不動産はいらない、ピザは美味しそうだけどいらない……その中に、白い封筒を見つけて眉間に深くシワが刻まれた。

「また……？」

宛名も差出人も書かれていない、空《から》の封筒。

それは、三週間前にもポストに入れられていた。

一度目はいたずらか間違いだと思ったが、二度目となると気味が悪い。

けれど、カミソリやら脅迫文《きょうはくぶん》やらが入っているならまだしも、空《から》の封筒で大騒ぎして、ただの小学生の悪ふざけだったら恥ずかしい。

それに――

(守谷さんの可能性もある……)

家を特定されているとは思いたくないけれど、ほかに思い当たる人はいない。

(うーん。こどものいたずらかもしれないし、もう一通来たら、誰かに相談してみようかな)

封筒をゴミ箱に捨て、エレベーターの隣にある非常階段で六階まで上がり、自分の部屋に入った。

軽く夕飯を食べて、ちょうど英奈がお風呂上がりのお茶を飲んでいるところに、共用廊下の窓の外を人影が通過していくのが見えた。隣の部屋のドアが開閉するかすかな振動と、それに続く生活音。

(新しいお隣さん、毎日遅くまで大変だなぁ)

時計を見ると、二十三時三十分。

英奈の隣の部屋に新しい入居者が入ったのは、一週間前くらいだった。

前の隣人は大学生の男の子で、週末は友人が集まるのか、明け方近くまで楽しそうにはしゃいでいた。退去したのは三週間くらい前で、このところは頻繁《ひんぱん》に部屋のクリーニング業者が出入りしていたのだが、早くも新しいお隣さんが越してきたのだ。

英奈が大学に入学してすぐに越してきたこのマンションは、一人暮らし向けのワンルームだ。入居者は大半が英奈と同じようなＯＬや、大学生や専門学校生のような若者、単身赴任風のサラリーマンだ。きっと、お隣さんも同じような単身者だろう。都会のマンションではご近所付き合いはないものだけれど、そのうち廊下で顔を合わせたら、ご挨拶しようと思っている。

生活リズムが微妙に違うから、今のところその機会はまだなさそうだけれど。

「お疲れ様です」

聞こえるはずもないのに、頑張るお隣さんに向かって英奈は密かにエールを送った。

5

今日は、先日のプレゼン結果が各自に通達される日だ。

いつもより二十分も早く目を覚ました英奈は、ゆっくりと朝の準備をして、いつもよりちょっとだけ気合いの入った朝食を食べた。

これまでの経験上、もし企画が通らなかったら、その日一日食欲をなくしてしまう。朝だけでもしっかり食べておかなければ。

キッピングでは、この部内会議で企画が通って、はじめて試作品の作製に入ることができる。その後、厳しい社内コンペで各部からの承認を得られれば、更に厳しい試作品の試用を経て、商品化だ。

この部内会議を突破できないようでは、スタートラインにも立てない。

もちろん、企画部の一員として誰かのサポートをする中で、英奈のアイデアが採用されたことはあるが、それと自分の企画が通るのとは天と地ほどの差がある。

「よし、行こう」

いつもと同じ朝七時五十分に玄関に立った英奈は、靴を履いて、シューズボックスの上に置いた鍵を取り、ドアを開けた。

よく晴れた清々《すがすが》しい朝だ。

朝の日差しから、陽《よう》のエネルギーを取り入れたい……英奈が大きく深呼吸したところで、隣のドアがガチャリと開いた。

（あっ、お隣さん――）

何の気なしに隣を見ると、英奈の部屋と同じ茶色いドアから、スーツ姿の男の人が現れた。

黒髪のすらっとしたその人は、顔を上げると英奈をチラリと横目で見て――二人の視線がぶつかった。

「ひっ――」

慌てて自分の部屋に逃げ込んで、勢いよくドアを閉める。

(守谷さん⁉)

隣の部屋から出てきた男の人は、間違いなく守谷維人だった。

なぜ？　どうして？

英奈の家を突き止めて、隣に越してきたということ……⁉

(み、見間違いかもしれない！　そっくりさん！　きっとそう……！)

英奈は、恐る恐るドアスコープを覗いた。

スーツ姿の維人がゆっくりと英奈の部屋の前を横切り、エレベーターホールに向かっていく。

高そうなスーツが嫌味にならない上品な横顔。

エレベーターホールは英奈のドアからは見えないが、間違いなく彼だった。

『葉月さんが思ってるよりそばにいますよ』

(そばにいるって、そういうこと⁉　隣に越してきたの⁉)

偶然？　いや、そんなわけはない。彼は英奈がここに住んでいるとわかって引っ越してきたのだ。となると、帰り道の足音や空《から》の封筒も、やはり彼の仕業《しわざ》？

……さすがに身の危険を感じる。

警察に相談に行くべきだろうか？

でも、警察に駆けこんだあと、維人とどういう関係か訊かれたら『行きずりの……』と明かさなければならない。それは少しばかりうしろ暗いというか……

（どうしよう……）

両手で顔を覆ってうんうん唸《うな》っていると、エレベーターのドアが開閉する機械音が聞こえてきた。

（行った……？）

彼も、朝から英奈に構っている暇はないのだろう。

目が合った気がしたけれど、英奈の部屋のインターホンを連打して「出てこいよ！」と感情的に叫ぶような真似《まね》もしない。隣に引っ越してくるなんてそれだけで十分常識を逸脱《いつだつ》しているとは思うけれど、冷静な反応だった。

それに、維人は会社経営者という立場のある人だ。

さすがに英奈に危害を加えるようなことはしないはずだし、そう考えると、英奈が過敏に反応せずにきちんと話し合いの場を持てば、問題は解決できそうに思える。

（そう、冷静にね。大人なんだから。さっきのは、わたしも大人げなかったよね）

落ち着きを取り戻した英奈は、まずは自分も出社すべくそろりと廊下に出た。

彼の姿が見えないことを確認して、家の鍵を締めて、エレベーターホールの隣の階段に向かう。

「おはようございます、葉月さん」

「ひぃっ」

エレベーターホールから現れた維人に英奈は飛び上がった。

「なっ、なっ……！」

冷静になんて思っていた数十秒前の自分はどこへやら。

英奈はまともに挨拶を返すこともできない。カーッと頭に血が上《のぼ》って、取るべき大人な対応はすっかり飛んでしまっていた。

そんな英奈とは対照的に、維人は穏やかな微笑みを崩さない。けれども彼のその笑みは、英奈が知っているあの日のものより少しばかり意地悪く見える。

「なんでここにいるのかって言いたいんですよね？　でも、俺と立ち話していいんですか？　電車、乗り遅れますよ」

「っ……！　失礼しますっ」

会釈《えしゃく》した英奈は彼の横をすり抜けて、階段を駆け下りる。

エレベーターに乗ったと思っていたのに、待っていたなんて！

『俺は、葉月さんに気持ちを伝えようとしてるだけです』

もっと違った方法があっただろうと激しく突っ込みながら、英奈は駅に駆け込んだ。

◆
◇
◆

会社近くの評判の定食屋。

メインの通りから一本裏に入った場所にある、こぢんまりとしたお店だ。

紺色の暖簾《のれん》がかかった入口からして和風な佇《たたず》まいのお店は、店内もお蕎麦屋《そばや》さんのような和風椅子と机が並んでいる。味のほうも家庭的で、日替わりランチにも、きんぴらや筑前煮《ちくぜんに》の小鉢が二つ付いてくる隠れた人気店なのだ。

テーブル席もカウンター席も満席の店内で、英奈は日替わりランチのおろしハンバーグを食べながら、知らずため息をついてしまっていた。

「部内会議突破したのに、浮かない顔してどうしちゃったの？」

「うーん、朝からいろいろあってね」

同期で営業部の鈴原來海《すずはらくるみ》に、英奈はひきつった笑みで答えた。

英奈の企画が部内会議を突破した知らせが入ったのは、朝の十時過ぎだった。

はじめて自分の企画が採用されたのだ。まだ試作や社内会議が残っているけれど、やっとスタートラインに立てた喜びは大きい。これから試作品の作製に入り、これまで以上に忙しくなるが、頑張りたいと思っている。

だから、悩みの種はそれではない。

「どうしたの？　サポートしてくれる後輩ちゃんが心配とか？」

「ううん。西さんは見た目はふわふわしてるけど、仕事は真面目だから。そこは心配してない」

碇から英奈のサポートに任命されたのは西だった。

女の子らしくて可愛い西は、ときどきおっちょこちょいなミスをしでかして碇を困らせたりもするが、手抜きをしない丁寧な仕事ぶりで英奈も信頼している。

英奈のサポートを任命されたときも、『なんでも振ってください！』と気合い十分だった。

「仕事じゃないってことは……もしかして、例のバラの人？」

お茶碗を持った來海が、ニンマリとして身を乗り出してくる。

バラの花束が企画部に届けられた件は、その日のうちに営業部の來海の耳にも入っていた。好奇心旺盛《おうせい》な來海は情報網が広くて、各方面にアンテナを張っているから当然といえば当然だけれど。

新入社員として入った営業部で、二年間ともに頑張ってきた彼女だ。すっかり心は許しているけれど、事が事なだけに相談していいものか悩んでしまう。

住所どころか電話番号も教えていないのに、隣の部屋に引っ越してきた男を世間はどう見る？

（どう考えてもストーカーだよね……）

自分が相談を受ける立場なら、「そんな男はやめておけ。いますぐ警察に相談しろ」と忠告する。

來海は仲間思いだ。英奈が健吾にフラれたときも、ボウリングに誘ってくれて、朝まで付き合ってくれた。彼女によけいな心配はかけたくない。

「うーん、そんな感じ……かな」

「聞かせてよー。相手はどんな人？　何歳？　イケメン？」

英奈はおろしハンバーグを咀嚼《そしゃく》して呑み込んでから、來海の好奇心にストップをかける。

「その人とは進展しないから」

「えっ、なんで？」

「理由はいろいろ。とにかく、その人とは未来がないの。もうすぐ完全に終わるから、聞かないで」

「……既婚者とかじゃ」

「ないに決まってるよ」

あからさまに安心した顔になった來海は、小鉢のほうれん草の白和《しらあ》えを食べながら、ふと店の出入り口に目をやった。

「あれ、三葉新太郎《みつはしんたろう》じゃない？」

知らない名前だったが、英奈も横を向いて出入り口を見やる。

オシャレなストライプ柄のスーツを着こなす長身のイケメンが、席に案内されるところだった。クセのある髪をうしろに撫でつけて、ちょっと派手な感じだ。

人目を引く彼は一人客ではなかった。うしろには、シックなダークスーツの男の人――維人が続いていた。

「っぐ――」

付け合わせのニンジンがつるんと喉を滑り下りる。

「大丈夫？」

「んっ、ダイジョブ」

水で流し込んだニンジンが胃に辿《たど》り着いたのを感じてから、維人たちの様子を窺《うかが》う。

彼らは、英奈たちとはお店の対角線上の席に案内されて、おしぼりを受け取りながら注文を済ませている。仕立てのいいスーツを着こなす彼らは、定食屋の中で浮いていた。

「うわ、絶対本物だよ。ってことは、一緒にいるのが守谷維人？」

「ななな、なんで知ってるの!?」

「はぁ？　どうしたの、英奈？」

「いや、ごめん。その……三葉さんと守谷さんって、有名な人なの？」

來海はいったん箸を置いて、スマホでウェブページを見せてくれた。

それは、経済系の雑誌のインタビュー記事だった。維人と一緒にいるストライプ柄のスーツの男の人が、笑顔で写っている。維人の写真はない。

「大学在学中に、守谷維人が開発したAIを利用した『WIN《ウィン》ふく』ってサービスで起業して、卒業前に会社ごと売却したんだって。その資金を元手に、今はトライアドホールドってIT系の会社を経営してるんだけど、これがかなり好調で。社長の守谷維人は天才肌のちょー変人でちょークール、人前にもめったに出て来ないんだけど、反対に三葉新太郎は情報通でコミュニケーション能力がめちゃめちゃに高くて、お互いに補い合ってるっていうか。会社も好調なうえに、三葉さんのほうはインタビューでも顔出しして、あのモデル並みのルックスでしょ。ちょっと話題になってるんだよね」

流れるように解説した來海に、英奈は「へー」としか返せない。

英奈の中で守谷維人という人は、ものすごく大人で穏やかで、驚くほど優しくて、変人やクールな人といった印象とは繋がらなかった。

ストーカーじみた行動をするところは、確かにちょっと変わっているけれど。

「守谷維人があんなにイケメンだったなんて。でも、やっぱりちょっと冷たそうだよね」

「そ、そんなことないよ！」

なぜか必死になってしまって、英奈は慌てて「ごめん」と取り繕《つくろ》う。

「どうしたの？　英奈、今日変だよ？」

「昨日、緊張して寝れなかったから、そのせいかな。ごめんね」

実際寝つきは悪かったけれど、今のはそれが原因ではない。

……それにしたって、どうしてストーキングされている自分が維人を庇《かば》っているのだろう。

「あっ、彼氏からメッセージだ。ちょっとごめんね」

來海は、誰かといるときにスマホを触る際には、必ずこうして断りを入れる。

英奈が「どうぞ」と身振りで示すと、來海はすっかり女の子の顔でスマホを操作しはじめた。

英奈が黙々と食事をしていると、バッグに入れていたスマホがブルブルと震えた。來海はまだ彼氏とメッセージのやりとりをしているし、英奈もスマホを確認する。

『何かいいことあったんですか？』

メッセージは、維人からのものだった。電話番号でやりとりができるサービスを使ったのだ。

チラッと彼のほうを盗み見るが、彼はスマホ片手にビジネスパートナーの三葉新太郎と話している。その表情は、英奈が知っているものとは違って、來海が言うようにクールに見えた。

どうしたものか、少し迷う。

彼とはできるだけ関わらないほうがいい気がする。隣の部屋に突然引っ越して来るなんて、普通じゃない。

けれど、このままお隣さんとして暮らしながら彼を無視し続けるのは無理だし、引っ越しても追いかけて来ないとは限らない。

逃げずに、きちんと話し合うべきだ。

『ランチまでついてくるなんて、どうやって調べたんですか？　もう付きまとわないでください』

『これは偶然です。最近、このあたりのビルに会社を移転したので、飲食店の新規開拓をしていただけです』

移転？

本当だろうか。

（あっ、それこそ検索したら調べられる）

スマホで「トライアドホールド」をウェブ検索すると、会社のＨＰ《ホームページ》がヒットした。どこかに会社の住所の記載があるはずだ。ページをスクロールしていくと、確かにこのあたりの住所が載っている。ビルの十五階が新しいオフィスらしい。

（ん？　このビルの名前、どっかで見たことがあるような……）

今度はビル名をマップ検索してみる。

すると、マップ上の赤いピンが、英奈の会社の隣を示した。

真新しいお隣のビルの、十五階に彼はいたのだ。

「〜〜〜〜っ!?」

家だけでなく、会社もお隣さんになっていたなんて……！

腰を浮かせた英奈に、向かいの來海がぎょっとした顔になった。しかし、またしても英奈の心を掻き乱した維人は、相変わらず落ち着いた様子でお水を飲んでいる。

先日英奈が朝のコーヒータイムに碇と話しているときも、彼は『上司と仲が良いんですね』と電話してきた。

どこから見ているのかと思っていたが、隣のビルから英奈を監視していたのだ。

（信じられない！　そこまでする!?）

英奈は箸を置いて、猛然とスマホを操作する。

『隣のビルからわたしを監視してるんですか？　やめてください』

『期待を裏切って申し訳ないのですが、俺はそんなに暇じゃありません。プライベートでは、葉月さんのことばかり考えてますけど』

「っ……！」

ドライな返事かと思いきや、結局まっすぐすぎて痛いくらいの内容が続いて、どう返していいかわからなくなってしまう。

だけど、相手はストーカー。

きっと、夜道にうしろをつけていたのも、空《から》の封筒も彼だったのだ。

『とにかく、もう付きまとわないでください』

『あの日、どうして逃げたのか教えてくれたら、葉月さんの前から消えます』

ピタリと英奈の手が止まる。

結局、話はそこに戻ってしまうのだ。

(あの日逃げたのは、守谷さんが……)

別の誰かを想っていると悟ったから。

けれどそれを伝えるのは、あの日芽生えかけた気持ちを告白するのと変わらない。

逃げずにこの問題を解決したい思いと、胸の奥がギュッと締め付けられる痛みの狭間《はざま》で、英奈は揺れてしまっていた。

結局、彼への返事はできないまま、英奈は來海と店を出た。

◆　◇　◆

二十三時の夜道は、しーんと静まり返っている。

短い横断歩道を渡った英奈は、裏道で人がいないのをいいことに、凝った肩を回して伸びをした。

今日は、いつも以上に帰りが遅くなってしまった。

週明けの月曜日も朝から予定が詰まっているし、それ以外にもやるべきことは山とある。

しばらくは、この時間の帰宅が当たり前になりそうだ。

(週末に、ごはんのおかずを作り置きしておこう)

カフェオレの入ったコンビニの袋が、歩調に合わせてシャカシャカ鳴っている。いつもなら気付かないほどの音なのに、今日ははっきり聞こえる。

すごく静かだ。

人通りがないだけでなく、マンションの明かりも消えている部屋が多い気がする。金曜だから、みんな遊びに出かけているのだろうか。自分も、誰かを誘って飲みに行ってしまえばよかった。

(だって、お隣には守谷さんがいるんだよね……家に帰って、普通に生活できるのかな)

バラの花束だけでも彼の存在を意識するには十分だったのに、一枚壁を隔《へだ》てた隣の部屋で彼が暮らしているなんて。維人の行き過ぎた行動に、自分が抱いていた彼へのイメージは幻想だったと思わざるを得ない。

（どうしたらいいのかな……）

影もできない夜の道をとぼとぼ歩いていた英奈は、ふと気が付いた。

足音。

背後から確かに聞こえてくる。

ソールがアスファルトを踏む、ジャリッジャリッという音。猫なんかじゃない。背中に視線を感じる。いる、絶対うしろに誰かいる。

ドッドッドッ……と脈が加速していく。

怖い。だけど、ただの通行人かもしれない。

ぎゅっとバッグを掴み、勢いよく振り返る。

（誰もいない……）

うしろには、自分が歩いてきた夜道が続いているだけで、猫も通行人の姿もない。

絶対に足音がしたと思ったけど、気のせいだったのだろうか。

恐る恐る、英奈はまた前を向いて歩きはじめる。

すると、二十メートルも歩かないうちに、背後からまた足音が聞こえてきた。

やっぱりいる。誰かがつけてきてる。

維人がついてきているのだろうか……？

立ち止まった英奈はまた振り返り、暗闇に目を凝らした。
影も見えないが、確かにそこにいるはずの彼に声をかける。
「守谷さん？」
返事はない。
ゆらゆらと闇が揺れているように思えて、指先が冷たくなってくる。
不安が足元から這い上がってくるようだ。
「も、守谷さんでしょ？　やめてください、こういうの」
声が震えている。
体を巡る血液まで、どんどん冷やされていくような恐怖を感じる。
「わかってますから。だから、出てきてください」
きっと、闇に紛れているのは維人だ。そうに決まっている。
英奈は、バッグの中からスマホを取り出した。
『あの日、どうして逃げたのか教えてくれたら、葉月さんの前から消えます』
そうだ、彼に理由を説明したら、きっとこんなことはやめてくれるはず。
恐怖に駆り立てられて冷静さを失った英奈は、警察ではなく維人の番号に発信した。
闇を睨みながらスマホを耳にあてると、四コール目で彼が出た。
『はい』

低い声がはっきりとスマホから聞こえてくる。

それなのに、闇の中からは、彼の声はしなかった。

『葉月さん？』

維人の不審そうな声。

その声は、スマホ越しに聞こえるだけ。彼は、この場にいないのだ。

ザワリと全身の毛が逆立った。

（守谷さんじゃない――――！）

闇に背を向けて、英奈は全力で走り出した。

心臓が爆発しそうなくらい大きく脈動している。頭の中は真っ白で、助けてと叫びたいのに怖くてうまく声が出ない。

家までの距離はおよそ六百メートル。英奈の足なら、三分とかからずたどり着ける。交番へ駆け込むなんて考えは、冷静さを欠いた状況では浮かんでこない。英奈は自宅のマンションを目指して走った。そこだけが唯一安全な場所だと思えた。

エントランスの明かりが見えてくる。

背後を振り返る余裕もなくマンションに向かって走る英奈の前方で、人影が英奈を呼んだ。

「葉月さん！」

維人だ。

寝間着っぽいラフな長袖《ながそで》のTシャツに、下もスウェットパンツとスリッパで、英奈の連絡を受けて家から飛び出してきたことがわかる。

「守谷さん――！」

英奈を受け止めようとしてくれる彼の腕に飛び込み、息を切らしながら背後を振り返る。

そこには、いつもと同じ夜道が続くだけで、英奈を追いかけてきたであろう「何か」はいなかった。

◆◇◆

「よかったらどうぞ」

温かいコーヒーをテーブルに置いた維人は、二人掛けのソファではなく、ラグの上に座った。たぶん彼は、英奈に気を遣ってくれているのだ。

「……ありがとうございます」

息を切らしてマンションに戻った英奈を、彼は自分の部屋に招いた。

一人で自分の部屋に戻って、見知らぬ誰かにインターホンを鳴らされたりしたらと考えると怖くて、彼の厚意に甘えることにした。

彼の部屋に上がったとき、英奈はまだ混乱していて、事情を説明するのも一苦労だった。時系列がバラバラだったり、何度も詰まったりしながらの話を、彼は辛抱強く聞いてくれた。

維人が出してくれたスティックシュガーとミルクを入れて、甘いコーヒーを一口飲む。凍えたように冷たくなっていた指先が、じわりと熱を取り戻していく。

彼の部屋は、水回りが英奈の部屋とは逆になっていた。

ベッドとソファとテーブルが置かれているが、シンプルなブラウンとベージュの色でコーディネートされていて、狭苦しい印象はなくスッキリして見える。落ち着いた大人の部屋だ。大学生のときに購入したファンシーなチェストのある英奈の部屋とは全然違う。

部屋の中を観察するくらい余裕が出てきたのも、維人のおかげだ。

「電話してしまって、すみませんでした」

英奈が眉を下げて謝罪すると、彼はまだ濡れた髪を揺らしながら首を振る。

「いえ、連絡してくれてよかった」

英奈からの電話を受けた維人は、呼び掛けても返事がないことや、英奈のパンプスがアスファルトを蹴る靴音が聞こえてくるのに異変を察知して、マンションを出たそうだ。

お風呂上がりだったことは、服装や髪を見ればわかる。

そんな維人を疑ってしまっていた罪悪感は大きい。

「……すみません、本当に」

「どうして葉月さんが謝るんですか。怖かったでしょう」

「いえ、そうじゃなくて……。わたし、追いかけて来てるのが、守谷さんだと思ったんです」

やや目を瞠《みは》った維人は、フッと息を吐いて苦い表情で笑った。

「俺が、会社を特定したり、隣に引っ越ししたりしたからですね。すみません」

「いえ！　守谷さんが夜道であとをつけてきたり、空《から》の封筒を入れたりするなんて変だと思ったんですけど……ほかに思い当たらなくて……」

「葉月さんが疑うのも当然です。実際、俺は葉月さんのストーカーみたいなものですし」

自覚はあったようだ。

きまりが悪そうな顔になった維人と目が合って、英奈も表情を緩めた。

英奈を怖がらせる類《たぐい》の行為が、維人によるものではなくてよかった。

会社や家を特定した行動は褒められたものではないけれど、人生最悪のクリスマスイブも、今夜も、彼がいなければ英奈の心は折れてしまっていたかもしれない。

今となっては、英奈の維人への気持ちは、拒否感より完全に感謝に傾いている。

（だけど、守谷さんじゃなかったら、誰がわたしをつけてたんだろう……）

背後の足音が気のせいだったとは思えないのだが……過敏になっていただけ？

英奈の考えを否定するように、維人は真剣な表情になった。

「葉月さん、警察に相談しましょう。それから、どこかに避難したほうがいい」

「警察には、相談してみようと思います。でも、避難……」

実家からの通勤は、バスと電車で片道二時間半はかかる。実家に戻るのは現実的ではない。

数日なら友人宅に泊めてもらうこともできるけれど、ずっとお世話になるわけにはいかないし、かといって引っ越しても、犯人が捕まらなければまた同じことになりかねない。

実際の被害があったわけではないから、警察がどこまで動いてくれるかもわからないし、英奈が反応を示すことで相手を刺激しないとも限らない。

どうすべきか悩むばかりだ。

「葉月さん、俺はここことは別にマンションを持ってます。そこは会社からも通勤圏内で、セキュリティも高い。しばらく、そこを使ってください」

「えっ、でも……」

「安心してください、一緒に住もうと言ってるわけじゃありません。俺はここで暮らします。葉月さんは、俺の部屋でゆっくり暮らしてくれればいい」

「そ、そういうわけにはいきません」

居候《いそうろう》どころか、彼の家を使わせてもらって一人暮らしなんてできるはずがない。かといって、一緒には暮らせない。多くの女の人がそうであるように、英奈にとっても男の人と同じ家で暮らすのは特別なことだ。婚約でもしているならまだしも、維人とは交際すらしていない。同棲なんて論外だ。だから、彼の家には行けない。

言葉にせずとも、その思いは彼も理解してくれたようだった。

「なら、俺が葉月さんのためにもっとセキュリティのしっかりしたマンションを借りますから、そこに引っ越してください。何かあってからじゃ遅いんです。俺に葉月さんを守らせてください」

維人は目も表情も真剣そのもので、心底心配してくれているのが伝わって、胸の奥が温かくなる。

彼の申し出はありがたいし、気持ちはとても嬉しい。それに、『守らせて』なんて言われたら、ドキッとしてつい甘えたくなる。けれど、これは英奈の問題だ。

「守谷さんに、そこまでしてもらうわけにはいきません。それに引っ越しても、また同じことになるかもしれないし……」

「葉月さん、今、『これは自分の問題だから、自分でなんとかしないと』って思ってますよね。『これ以上、守谷さんに迷惑はかけられない』って」

「え……」

どうしてわかったんだろう？

英奈の考えを言い当てた維人は、ダークブラウンの瞳を優しく細めた。

「わかりますよ。ずっと、葉月さんを見てたので——じゃあ、こうしませんか。一ヵ月、考えてみてください。その間、葉月さんには安全のために護衛をつけます。一ヵ月の間に犯人が捕まったらそれでよし、捕まらなかったら、俺がさっき言ったいずれかの方法で引っ越しを」

「え、でも、護衛だなんて……気のせいかもしれないし、向こうもいつか諦《あきら》めるんじゃ……」

「葉月さん、脅《おど》すつもりはありませんけど、気のせいだなんて言ってたら手遅れになります。それに、諦《あきら》めてくれるのを待つのは、一番現実的じゃないですよ。相手は何ヵ月も、何年も葉月さんを追いかけるつもりでいるかもしれない。ストーカー行為はいずれエスカレートします。俺が言うんだから、間違いないです」

ストーカーの立場から語りだした維人に、英奈はしばし呆気《あっけ》に取られてしまった。

（守谷さんって、変わってる……）

完璧な男性なのに、彼は本当にストーカーなんだ。

本当なら引くところだ。だけど、それがなんだか可笑《おか》しくて、強張っていた体からすーっと力が抜けた。それは同時に、英奈の強がりな心もほぐしていった。

「わかりました。一ヵ月の間に犯人が捕まらなかったら、守谷さんのお世話にならせてください。でも、本当に護衛は大丈夫ですから」

「夜だけでも。護衛が大袈裟《おおげさ》に感じるなら、俺が車で送ります」

譲らない態度で言われて、英奈は迷いながらも頷いた。

維人が言うことが正しいとしたら、夜道で感じる背後の気配が確信に変わるときには、用心しなかった自分を激しく後悔することになるかもしれない。かといって毎日タクシーを使うのは経済的にそのうちつらくなるし、護衛をつける費用を維人に工面《くめん》してもらうのも遠慮してしまうが、彼が送ってくれるなら。

「……お願いしたいです」

英奈がぺこりと頭を下げると、維人は安心したように息をついて、マグカップを握る英奈の手に手を伸ばした。しかし、その手は触れるのを躊躇《ためら》うように直前で止まり、彼のカップへと戻っていく。

「良かった」

目を細めた維人に、英奈の胸はわずかに高鳴る。

(守谷さんって、本当にいい人なんだよね……)

ストーカー扱いしてしまったけれど、もとはと言えばあの日、英奈が逃げたせいでこうなったのだ。こんなに良くしてくれる彼から、逃げてばかりではいられない。

「あの、守谷さん。わたしがあの日、ホテルから逃げ出した理由なんですけど……」

「葉月さん。その話は、また今度にしましょう。俺も、実は葉月さんに話さないといけないことがあるんです。でも、今は良くないタイミングだと思うので、改めさせてください」

彼の話したいことってなんだろう。

気になったけれど、維人が怖い思いをした英奈に、無理をさせまいと気を遣ってくれているのは伝わってくるので、英奈は「わかりました」と頷いた。

それから二人は、改めてSNSのアカウントを交換して、深夜一時近くになってようやく英奈は自分の部屋に戻った。部屋に入るときも、室内に異変がないか確認している間、彼は英奈の部屋の外で待ってくれていた。

「大丈夫そうです。今日は本当に、ありがとうございました」

「何かあったら連絡してください。夜中でも構いませんから」

「……はい」

一晩中、隣の部屋には維人がいる。

それが今は頼もしく感じる。

部屋に戻っていこうとする維人を、英奈は呼び止めた。

「あの、守谷さん。どうやって会社と家を特定したのか、教えてもらえませんか？」

そんな簡単に個人情報が突き止められてしまうのか、ちょっと気がかりだった。

ホンモノのストーカーも、そうやって英奈の生活圏を特定したのかもしれない。

思い切って尋ねてみたのだけれど、維人は今日一番苦い笑みで「本当に知りたいですか？」と言った。

「……知らないままにしておきます」

二人は互いに苦笑して、「おやすみなさい」と挨拶を交わし、部屋に戻った。

部屋の明かりを消すときも、外で誰かが見ているかもしれないのに、英奈は不思議と怖くなかった。隣に維人がいるおかげだ。

6

オフィスビルの一階に下りると、会社の前に維人の車が止まっていた。

いつものように駆け寄って、助手席に乗り込む。

「すみません、お待たせしました」

「さっき回したところです」

いつものやり取りを終えて、車が走り出す。帰りのドライブは、混雑状況にもよるけれど、だいたい二十分程度。毎日あっという間に感じるのは、彼との会話が弾むからだろう。

維人が帰りに送ってくれるようになってから、今日で五日目。

早くも一週間が経ったのだ。

月曜の朝に、維人から『帰る準備をはじめた頃に連絡してください。下で待ってます』とメッセージが届いた。

彼の都合もあるから、英奈は退勤準備をはじめる前に『これから片付けて帰りの準備をするので、十五分後くらいに一階に下ります』と連絡を入れて、それ以来これは二人の間でのルールになった。

火曜日は、主任に事情を説明し、早めに仕事を切り上げて警察に相談に行った。それには、維人も同行してくれた。

警察が必要事項として確認しているとはいえ、『犯人に心当たりは？』と訊かれたときには、なぜか自分が責められているような気になってしまった。

打ちのめされずに済んだのは、やっぱり維人がいてくれたからだ。

彼は、英奈の安全な逃げ場でいようとしてくれているみたいだった。

あれ以来、英奈には決して触れようとしないし、毎晩部屋まで送り届けてくれるときだって、あわよくば部屋に上がってやろうなんて下心はこれっぽっちも抱いていない様子だ。

だけど、英奈を見る目はいつだってあの甘い瞳で、英奈をドキリとさせる。

英奈は、ハンドルを握る維人に顔を向けた。

「――ということは、大学時代に、守谷さんが二晩徹夜して完成させた論文を、三葉さんが遊び半分で触ってるうちに本当に消しちゃったんですか」

「そうです。さすがにあれは……しばらく許せなかったですね」

そう言う維人は笑っている。

「論文は復元できたので実害はなかったんですが、あの一件から、新太郎には俺のパソコンを触らせてません」

「ふふっ。それはしょうがないですね」

維人は、ビジネスパートナーの三葉新太郎と本当に仲が良いらしく、話しているときに苗字でなくたびたび「新太郎」と呼んでいる。

（三葉さんってどんな人なんだろう？）

派手そうで、維人とは真逆っぽい雰囲気だったけれど、お互い気が合うから長年やっていけるのだろう。

「お二人は、どうして会社を立ち上げようと思ったんですか？」

「……お互いに、家を出たかったんです。俺と新太郎は、そこが共通点なんです」

答えが返ってくるまでに、少しだけ間があった気がした。

（ご実家と、何かあるのかな……）

彼を窺《うかが》うと、オレンジ色のライトに照らされた端整な横顔は、わずかに曇っている。

遠くを見るような目、少しだけ寄った眉、いつもよりほんのちょっと引き結ばれた唇。

本当に、些細《ささい》な変化。毎日見ていなければ、気付かないような。

たった一週間だが、維人をじっと見ていたからこそ見抜けた違い。

維人が英奈の変化に気付いてくれるように、自分も彼の変化がわかるようになったのだと実感して、ジワリと脈が速くなった。

車は、ゆっくりとマンションの駐車場に入って止まった。

二人で一緒に集合ポストを確認して、エレベーターで六階に上がる。

英奈は、カギを取り出そうと部屋の前でバッグを開いて、ようやくはっとした。

「あっ」

「どうしました？」

「いえ……あの、ぬるくなっちゃいましたけど、よかったら」

バッグに入れていたブラックコーヒーを維人に差し出す。

今日帰りがけに、会社の自販機でミルクティーを買ったとき、ちょっとした差し入れのつもりで維人のコーヒーも買ったのだ。ブラックのボトルタイプのコーヒーだ。

彼は一瞬すべての動きを止めて、慎重ともとれるくらいゆったりとした所作で手を差し出し、英奈からコーヒーを受け取った。

「ありがとうございます。気を遣わなくてもいいのに」

フッと笑った維人に、英奈は慌てて手を振る。

「いえ、あの、これはお礼ではなくてほんの気持ちです！」

だって、コーヒー一本でお礼を済ませていいわけがない。

毎日家まで送ってくれているのだから。

それに、正体不明の誰かに見張られているかもしれないとふと感じるときも、隣の部屋に維人がいてくれると思うと、とても心強いのだ。

「だから、このコーヒーは差し入れのつもりで……ほかにもいろいろ考えたんですけど、さすがにカレーとか野菜炒めなんて差し入れにできないし──」

「俺は食べたいです。葉月さんの手料理」

さらりと言われてしまって、英奈は一瞬返事に迷う。

（でも、守谷さんは、もっといいもの食べてるんじゃ……）

けれど、少なくともこの一週間は、英奈を家に送り届けたあとに維人が外出している様子はない。

そういえば、彼の部屋にお邪魔したとき、ちらっと見えた水回りは、ほとんど使用していないようだった。料理をしている雰囲気がないということは、夕飯は冷凍食品やコンビニ弁当で済ませているのかもしれない。

（それよりは、いいのかな……？）

今日の夕飯は、昨日から仕込んだカレーだ。多めに作ったのは、明日のお昼もカレーでいいやという手抜きだったのだけれど、人に分けるにはちょうどいい。

「だったら、今夜はカレーなんですけど、よかったら………」

一緒にどうぞと部屋に招こうとして、彼が眉尻を下げて笑っていることに気が付いた。

（そ、それはダメだよね……！）

彼とは一度、甘い夜を過ごした仲だ。

そんな男の人を部屋に招くなんて、我ながら不用心すぎる。

「お裾《すそ》分《わ》けに、持ってきますので待っててください！」

英奈は大急ぎで部屋に入って、タイマーで炊きあがっている白米をお皿によそい、別のお皿にカレーを入れた。維人が今すぐ夕飯を食べたいかどうかはわからないから、お皿を別々にしておけば、食べたいときにレンジで温めなおせるだろう。

冷蔵庫に放り込んでいた、レタスとキュウリだけの味気ないサラダも小皿に盛って添えた。

飛び出すように廊下に戻ると、彼は英奈が頼んだとおりに待ってくれていた。

彼は、カレーやサラダが盛られたお皿も、国宝でも扱うような慎重な手付きで受け取った。

そして目を伏せて、感じ入ったような息を吐きだす。

「ありがとうございます。嬉しいです」

「いえ、そんな……市販のルーで作ったカレーなので、申し訳ないくらいです。あの、お皿は洗わなくても結構なので、月曜に返していただけたら」

「わかりました」

「これも、差し入れなので！　ストーカーの件が解決したら、改めて、きちんとお礼をさせてくださいね」

彼はまたスーッと目を細めて「わかりました」と答えた。

甘い熱を浮かべた瞳に、英奈はまたしてもドキリとする。

彼の目は、問題が解決したあとに、二人が幸せに交際していくことが確定しているように感じさせる。

「じゃあ、おやすみなさい」

「守谷さん、一週間ありがとうございます。おやすみなさい」

部屋に入ってから、英奈もカレーを温め直して、テレビを見ながら食事を済ませた。

お風呂からあがると、スマホに維人からメッセージが届いていた。

『すごく美味しかったです。ありがとうございます』

たかがカレーでお礼を言ってもらった英奈のほうが恥ずかしくなる。

（もっとまともなご飯のときだったらよかったのに……！）

反省した英奈は、週末の土日に、人様に出して恥ずかしくない料理を作るための買い物に走ることになった。

先日、夜道で感じたちょっとした恐怖なんて思い出すこともなく、ずっと維人のことが頭の中にある週末は、かつてないくらい充実していた。

7

金曜日のお昼過ぎ。

英奈は、かじりついていたパソコン画面からようやく離れ、背もたれに体を預けて伸びをした。

（やっと完成したー）

試作品作製のための申請書が、ようやく完成した。

先週に引き続き、今週もハードな一週間だった。試作品の作製準備のため、工場とも何度も連絡を取り合い、過去のデータや試作品をいくつも参照しながら、申請書類を作成した。

これで課長と部長の承認が下りれば、やっと計画が目に見える形になる。

完成したデータをプリントアウトして、まずは主任の碇に提出する。

「申請書できたか。お疲れさん。ちょっと息抜きしろよー？」

「はい。西さんと休憩にしますね」

「そういえば、西はどこ行った？」

「資料室に行ってくれてます。引っ張り出した過去の試作品を、資料室に戻しに行ってくれてて」

（でも、遅いな。わからないことがあって困ってる？）

資料室は、企画部の隣にある。

資料室とは名ばかりの倉庫みたいな部屋で、背の高いラックにいくつもの段ボールが詰められている。英奈が引っ張り出してきた試作品を、どこにしまえばいいか迷っている可能性はある。

英奈は碇に申請書の確認を頼んで、資料室に向かった。

「そうなんだ、西さんは学生時代バドミントンやってたのかぁ」

「はい。結構ハードなんですよ、バドミントンって」

ドアを開けると、西と、課長の多比良《たひら》の声が聞こえてきた。

(西さん、課長に捕まってたんだ……)

ブラインドが全開になった明るい室内で、白いラックが壁のように視界を遮《さえぎ》り二人の姿は見えないけれど、嫌な予感がする。

多比良は五十代前半の男性で、セクハラまがいの発言で女子社員から煙たがられているのだ。

英奈も『おっ、パンツスーツいいね。陸上経験者だっけ？ やっぱりヒップラインが引き締まってるなぁ』と言われて以来、できるだけ関わらないようにしていた。

このご時世でも多比良が職場にいられるのは、彼が創業者一族の一員だからだという噂だ。セクハラを上司に訴えても、上層部にもみ消されるなんて話もあって、女子社員は彼には近付かない。

西は、資料室で片付けをしていて逃げられず、相手をしているのだろう。

英奈が、資料室のドアを閉めて、二人に声を掛けようとしたときだった。

「へぇ～そんなに激しいんだねぇ。でもほら、西さん大変だったんじゃないの？ おっぱいが大きいと、揺れちゃって、ねぇ？」

ゾワリと悪寒《おかん》が走り、英奈は反射的に「課長！」と叫んでいた。

資料室の中で声のほうに駆け寄ると、西が過去の試作品を持ったまま蒼白《そうはく》になっていた。

しかし、多比良は動じることなく英奈に目を向けて笑っている。

「ビックリしたなぁ。大声出して。何事かな?」

「……西さん、仕事のことで主任が呼んでるから行って。あとはやっておくから」

西は不安げな目で英奈を見上げたが、大丈夫と伝えるように小さく頷くと、多比良から逃げるように資料室から出て行った。

ドアがバタンと閉まってから、英奈は多比良に向きなおる。

「……あとはわたしがやります。手伝っていただいて、ありがとうございます」

多比良が持っていた試作品を受け取ろうと手を差し出すと、彼は血色の悪い唇を歪《いびつ》に引き上げた。

「手伝ってあげるよ。一人じゃ大変でしょ」

「いえ、結構です。お忙しい課長の手を借りられませんし、すぐに片付きますから」

「なに?　出て行ってほしい?　相変わらず葉月さんは冷たいなぁ。じゃあさぁ、僕はここで葉月さんの仕事ぶりを見てるから、どうぞ、一人で片付けて?」

多比良は腕組みして壁側のラックにもたれかかり、じっとりとした目を英奈に向けた。

その目が自分の腰から下に注《そそ》がれているように感じるのは、気のせいではない。

(気持ち悪い……)

早く、彼から離れたい。英奈は、自分が引っ張り出した資料をあるべき場所に手早く戻していく。

「前々から思ってたんだけど、葉月さんって、細いよね。やっぱり長距離やってたからかな？」

……人に、しかも職場の男の人に、体型をあれこれ言われるのはいい気分ではない。

「スタイルがいいんだよなぁ。おしりも引き締まってるし」

どこを見てるんだろう。本当に気持ちが悪い。

英奈は、とにかく早く終わらせようと必死に片付けを進める。

「それに、意外とおっぱいあるねぇ」

「っ……課長、それはセクハラです」

絞り出すように言った英奈に、多比良が一歩近付いてくる。

「えぇ？　どこがセクハラだった？　どこが？　僕、性的なこと言ったかなぁ？」

おどけたように多比良が体を左右に揺らしながら接近してきて、ラックの下段の箱を蹴飛ばした。

ビクリと肩を震わせた英奈の足元に、試作品のシューズが転がる。

「さっきも、僕が西さんにセクハラしたって思ったのかなぁ？　西さんとの会話も、今の会話も、ただの世間話だったのになぁ。葉月さん、言っちゃあ悪いけど、自意識過剰なんじゃない？」

「……課長がそのつもりでなかったとしても、相手がそう感じたらセクハラです」

上司に意見をするのは怖い。

それも、創業者一族の噂がある多比良だ。彼に睨まれたら、仕事がやりにくくなる。

だけど、会社で体のことを言われるなんて……間違っている。

「へぇ？　とんだ言いがかりだなぁ。葉月さんには目をかけてあげたつもりだったのに、悲しいよ」

ニヤリと笑った多比良が、分厚い舌で舌なめずりする。

触れられたわけでもないのに、全身の毛がザワリと逆立った。

「でもまぁ、葉月さんが謝罪したいって言うなら、許してあげないこともないけど？　僕にたてつくってことが、どういうことか――」

「失礼しますー」

間の抜けた碇の声が多比良の言葉を遮《さえぎ》った。

碇の足音を聞きつけた多比良が、ステップを踏むみたいに慌てて英奈から離れる。

「葉月、電話だぞーって、課長！　いや～、手伝っていただいてたんですか。すみません～」

資料室に入ってきた碇が多比良にペコペコ頭を下げながら、ほんの一瞬英奈に真剣な目を向けた。

「電話、三番な。片付けはやっとくから」
「……お願いします」
英奈は俯《うつむ》いたまま、資料室を飛び出してデスクに戻った。
すると、電話機のボタンが点滅していた。
碇が理由をつけてあの場から助けてくれたのかと思ったが、違ったみたいだ。
とにかく、この電話に救われた。あと一分でも多比良と二人っきりにされていたら……
想像するだけで、背筋を悪寒《おかん》が駆け抜ける。
声に動揺が出ないように一呼吸おいて、受話器を上げて三番のボタンを押す。
「はい、葉月です」
『間に合いましたか?』
低くやわらかな声に、英奈ははっとして隣のビルのほうに目をやった。
電話の相手は、維人だった。
だけど、どうして?
『何か理由をつけて、一階まで下りてきてください。ビルの正面玄関で待ってます』
維人に押し切られて、英奈は「はい」と返事をしてしまった。
受話器を置いた英奈は、同僚に「コンビニに行ってくる」と少し抜けることを伝えた。
休憩として十分程度抜けるのは企画部ではよくあることだから、あたりまえのように同僚たちに見送られ、財布とスマホ片手にエレベーターで一階に下りる。

警備員の常駐するエントランスを抜けると、ビルの所有地に作られたパークコートサンドの敷かれた広場に、維人がいた。植え込みに囲まれた場所にベンチが置かれているそこは、昔は喫煙所として使われていたけれど、今は灰皿も撤去されて、ほとんど人も寄り付かない。

今も、維人だけがポツンとベンチに座っていた。

「守谷さん」

英奈が駆け寄ると、維人はすっと立ち上がる。

まわりの雑踏《ざっとう》から伝わってくるせわしなさも忘れさせるくらい、彼は澄んだ目をしていた。

「あの男に、何もされませんでしたか？」

あの男が誰を指しているのか、言われずともすぐにわかった。

維人が職場に連絡して英奈を呼び出した理由も、きっと推測は間違いじゃない。

彼は、英奈を守ってくれたのだ。

「……はい。大丈夫です」

向かい合った彼が、目を伏せて安堵《あんど》の息をつく。

「あの……見てたんですよね？　資料室」

「四六時中、葉月さんを見てるわけじゃないんです。覗いてみたら、たまたまあの男が葉月さんを困らせているように見えたので」

さすがにうしろ暗いのか、維人の表情には苦いものが混ざっている。

普通なら、隣のビルから覗かれているなんて、ちょっとした恐怖体験だ。けれど、相手が維人だからか、ピンチを助けてくれたからか、恐怖も嫌悪感も覚えなかった。

「それで、わたしを呼び出してくれたんですね。ありがとうございました。本当に、助かりました」

「あの男は、いつもああなんですか？」

英奈は、多比良という名前は出さずに、困った上司であることを簡単に説明した。

「社内でも、困った上司で有名で……。いつもは、できるだけ業務外では関わらないようにしてるんですけど……」

蒼白《そうはく》になった西を、あの場に留めておけなかった。

「葉月さんは悪くありませんよ。悪いのはあの男です」

まっすぐ英奈を見据える維人の声は、いつもより少し低い。

（守谷さん、怒ってる……？）

けれど、彼はすぐに口元を緩めた。

「葉月さんは、かっこいいですね。いつも、誰かを助けてる。惚れ直しました」

「ほっ……」

不意に、英奈の左頬を、彼の大きな手の平が包む。

ドキリとしたのはほんの一瞬で、触れただけのぬくもりはすぐに離れていった。

「大丈夫ですかとは聞きません。訊いてもきっと『大丈夫です』と強がると思うので。でも、もしつらくなったら、いつでも連絡してください。理由をつけて、葉月さんを会社から連れ出すことくらいできますから」

「……はい」

彼は、英奈の性格をよくわかってくれている。そのうえで、逃げ道だけ提示して、いつでも頼っていいと示してくれた。

多比良はどうしようもない上司だけれど、英奈はその理由ひとつでキッピングを辞めたくない。

これからも、この会社で、この部署で、頑張っていきたい。

自分がどうしたいのかが決まっているから、泣き言は言いたくない。

維人はそれを全部理解して、多比良を放任している会社をこき下ろすことも、致し方なかったとはいえ、そんな上司と二人きりになった英奈の不注意を責めることもしない。

だけど、英奈を心配して、わざわざ会社を出て、会いに来てくれた。

本当に大丈夫か、目を見て確かめるみたいに。

(こんなにされたら……)

好きになってしまう。

彼に触れられた頬が、いつまでもジンジンと熱を持っているような気がして、彼と別れてデスクに戻ったあとも、胸の高鳴りはしばらくおさまってくれなかった。

8

日曜日のお昼過ぎに、英奈は両手にスーパーの袋をぶら下げて、マンションの六階まで階段で上がってきた。

すると、廊下の先——維人の部屋の前に、男の人がしゃがみ込んでいる。

(誰……?)

膝《ひざ》を抱えて俯《うつむ》いているため顔は見えないが、維人でないことはわかる。シャツに、踝《くるぶし》の見えるチノパンを合わせたカジュアルな服装で、プライベートで訪ねてきているのは間違いなさそうだけれど。維人の友人だろうか?

恐る恐る、英奈が自分の部屋を目指して歩きはじめると、男の人がパッと顔を上げた。

(あっ!)

彼の顔は覚えていた。維人のビジネスパートナー、三葉新太郎だ。

英奈が会釈《えしゃく》をすると、彼はパッチリした二重の目を瞬《またた》かせて、勢いよく立ち上がった。

「葉月英奈――！　さん、ですよね⁉」

三葉は英奈が見上げるほど長身で、百八十五センチはありそうだ。

彼は人懐っこい表情で目をキラキラ輝かせていて、頭の中にゴールデンレトリバーが浮かんだ。

「はじめまして、葉月です。あの……守谷さんのビジネスパートナーの」

「三葉新太郎です。はじめましてですね。すみません、大声出してしまって。いつも、維人君から話を聞いてるんですよ！　お会いできて嬉しいなぁ」

（維人君？　守谷さん、維人君って呼ばれてるんだ）

なんだか意外で、英奈は警戒心を解いてクスッと笑ってしまった。

それにしても、彼はここで何をしているのだろう。

「守谷さんにご用ですか？」

「そうなんですよ。ちょっとサプライズで来てみたんですけど、留守みたいですね。エントランスのオートロックは、大学生っぽいお兄さんと一緒に入れたんだけど、部屋はやっぱりね」

「守谷さんなら、今日は朝から出掛けられたみたいですよ」

三葉は肩を竦《すく》めて、床に置いた袋類を見下ろした。

老舗《しにせ》デパートと、有名な洋菓子店の紙袋が無造作に廊下に置かれている。デパートの紙袋からは、ボトルが二本顔をのぞかせていた。

「明日、維人君誕生日だから。祝ってあげようと思ってケーキ買ってきたんですけどね」

「えっ。守谷さん、明日がお誕生日なんですか」

「そう、ああ見えて春生まれ。意外でしょ？　維人君、いつ帰ってくるとか言ってませんでした？　電話しても出てくれなくて」

「聞いてませんけど……」

誕生日が明日だなんて、知らなかった。

(言ってくれたら……)

プレゼントくらい用意したのに。

だけど、彼の欲しい物なんて見当もつかない。

時計も靴もいいものを身に着けているし、平凡なＯＬの自分が用意できるプレゼントなんて、彼のトータルコーディネートには釣り合わないかもしれない。でも、日頃の感謝を込めて何か……

(これから買いに行ったら、まだ間に合うかな？)

考えを巡らせていた英奈に、三葉はえくぼを作って白い歯を覗かせた。

「図々しいお願いなんですけど、冷蔵庫貸してもらえませんか？」

「えっ――あぁ、ケーキですね」

「それに、こっちは手巻き寿司用の刺身なんです。それとワイン」

目を糸のように細くして、困り果てたといった顔で三葉は笑っている。

四月下旬の気温はまだまだ穏やかとはいえ、いつまでも常温で置いておくのはよくない。冷蔵庫に入れておくくらいお安い御用だ。

けれども、食品だけ受け取って三葉を廊下に放り出したままにしておくのも可哀想だ……。

初対面の男の人を部屋に上げるのは抵抗があるが、維人の友人だし、危ない人ではないだろう。

「じゃあ、守谷さんが戻ってこられるまでどうぞ」

鍵を開けた英奈がそう言うと、三葉は大きな目を見開いて、たいそう嬉しそうに礼を言った。喜ぶ彼に、なぜかブンブン振られる大きな尻尾が見える気がした。

（なんか、憎めない感じの人だなぁ）

三葉を部屋に通した英奈は、買ってきた食材や、彼が持ってきた食べ物を冷蔵庫に入れて、お茶を出した。

「へぇ～可愛いお部屋ですね」

自分がいつも使っているテーブルセットに三葉が座ると、すごく窮屈《きゅうくつ》そうだ。

彼は好奇心旺盛《おうせい》なこどもみたいに部屋を見回しているけれど、ワンルームなのでベッドも丸見えでちょっと気恥ずかしい。

（つい部屋にあげてしまったけど……守谷さん、いつ帰ってくるんだろう）

そもそも、どこに行ったんだろう？　友人や家族と会っているのだろうか。

そうなると誕生日のお祝いをするだろうし、もしかして、帰ってくるのは夜になるかもしれない？

英奈の落ち着きのない雰囲気を感じ取ったのか、お茶を啜《すす》っていた三葉が「あっ」と声をあげた。

「そうだ、葉月さん。ちょっとお願いがあるんですけど。維人君に連絡してもらえませんか？」

「わたしがですか？」

「俺からの連絡は、維人君的には優先度が低いんですよ。葉月さんからの連絡なら出てくれると思うので。メッセージじゃなくて、電話で」

お願いしますと笑顔で押されて、英奈はバッグからスマホを取り出した。

三葉が連絡して出ないなら、自分が連絡しても同じだと思うけれど、このまま維人の帰りを待って初対面の三葉と半日一緒にいるのもおかしな話だ。

維人の番号に発信すると、四コール目で彼が出た。

『はい』

電話越しに、ザワザワとした音が聞こえてくる。たぶん外だ。話し声も聞こえてくるから、お店かもしれない。

「お忙しいところすみません、葉月です。あの……今、三葉さんがいらしてます」

『えっ――』

「葉月さん、代わってください」

三葉が手を伸ばしてきたので、英奈は維人に「代わります」と断ってから、彼にスマホを渡した。

「あっ、維人君？　今、葉月さんの家にお邪魔してるんだ……うん、葉月さんの部屋に……えっ、ちょっと……いや、違うって！　葉月さんがご厚意で部屋にあげて…………そんなの知るか！」

叫んだ三葉だったが、すぐに怯《おび》えたような泣き顔になった。

どんな話になっているんだろう……。

「俺は、維人君の誕生日をお祝いに来てあげたんだよ！　由梨乃《ゆりの》ちゃんとのデートを邪魔して悪かったね！」

（ゆりのちゃん？）

女の人の名前が出てきて、心臓に針が刺さったみたいにドキッとした。

（デート……女の人と出掛けてたんだ……ゆりのちゃん……）

維人と知り合ったとき、きっとうんざりするほどモテるだろうと思っていたし、別に何にも不思議ではないし、問題もない。

だって、英奈とは付き合っているわけではない。

誕生日前日の日曜に、可愛い子に誘われたら、そりゃあ一緒に出掛けるくらい……

みるみるうちにシュンとした英奈に、三葉がスマホを差し出した。

「葉月さんに代わってくれって」

今は話したくないなと思ったけれど、出ないわけにもいかずスマホを受け取る。

「……はい」

『すみません、妹と出掛けてたんです。すぐに戻りますから、新太郎は廊下にでも出しておいてください』

（妹さん……？）

『新太郎がご迷惑をかけてすみません。三十分ほどで戻りますから』

「えっ、いや、そんなに急がなくても――」

『じゃあ』と言って、維人は急いで電話を切ってしまった。

電話が切れる間際に、女の人の『えっ、お兄ちゃん帰るの!?』という声が聞こえてきて、マンガみたいに自分の中の何かのメーターが、ぎゅーんと戻っていくのがわかった。

（な、なんだ……妹さん……はぁー……）

ホッとして、英奈の表情は緩んでいく。

三葉がそれをニンマリしながら見ていることに、英奈はまったく気付いていなかった。

◆◇◆

「そんじゃ、乾杯ー！」

三葉の合図で、三人がそれぞれ持つカップと湯のみを合わせて乾杯する。

カップに注がれた赤ワインを一口飲むと、すっきりとした味わいが口の中に広がった。

維人は宣言より早く、三十分と経たずに帰って来た。

家族とのお出掛けを邪魔してしまったことを英奈が詫びると、彼は『妹のことは気にしないでください。それより新太郎がご迷惑をおかけしました』と反対に謝罪した。やたらと妹を強調していたような気がしたけれど……たぶん気のせいだろう。

そして、維人は英奈の玄関先で三葉を呼び出して、自分は一歩も英奈の部屋に入らずに彼を外につまみ出した。

（あのときの『新太郎、出ろ』はホントに怖かった……）

優しくて穏やかな維人しか知らなかったが、もともと顔立ちはクールだし、怒ったときの彼はすごい迫力だった。

しかし、三葉はあまり堪《こた》えていない様子で、維人の背後から顔をひょっこり出して、英奈を手巻き寿司の会に誘ったのだ。

二人のお邪魔はできないと英奈ははじめ断ったが、三葉は結構押しの強い人で諦《あきら》めてくれず、その様子はフリスビーを何度も持ち帰って「遊ぼう遊ぼう」とねだる犬のようで、英奈は思わず行くと返事をしてしまった。

結局、維人の家には炊飯器がなくて、あやうく手巻き寿司ではなくお刺身パーティーになるところだった。英奈が酢飯と簡単な付け合わせを用意して、なんとかなったけれど。

維人の部屋で、三人はテーブルを囲んで手巻き寿司を作っていく。

「俺、手巻き寿司ってはじめてかも」

「はじめてのことを人の家でやろうとするな」

ものすごく呆れた様子で言った維人に、英奈はまたクスッと笑ってしまった。

(すごく仲が良いんだなぁ。こんな守谷さんはじめて見る)

はじめはいつもと違う空気に馴染みきれなかった英奈も、手巻き寿司のネタが半分くらい減ってきた頃には、普通に話せるようになっていた。

「そうそう、だから、『ＷＩＮふく』っていうのは、『わたしに、いちばん、にあう服』

の頭文字だったんだよね」

　ＡＩを利用したコーディネートサービスが「ＷＩＮふく」だったそうで、若年層を中心に瞬《また》く間に広まったが、二人はサービス開始から二年としないうちに会社を売却した。

「会社を手放したのは、俺たちが大学三年の頃だったかな？　その頃は、お互いいろいろあってさぁ」

　三葉は、英奈が作った野菜スティックにたっぷりの味噌マヨをつけて食べている。「うまい！」と褒めてから、彼はもう一本きゅうりを手に取った。

「俺としては、もうちょっと続けてみたかったけど、手放したことで、俺たちが作ったものはもっと広まったから、やっぱり維人君の判断は正しかったんだよなぁ。――で、大学四年のときに、また維人君と一緒に事業やりたいなと思って、新しい会社を立ち上げようって俺から声をかけたの。維人君は引く手あまたで、そりゃもういろんなところからオファーがあったんだけど、維人君ってなんだかんだ言って俺のこと好きだからさ～あはははは！」

　三葉はお酒が入ると陽気になるタイプらしく、さっきからずっとこの調子だ。

　英奈はお酒をセーブして飲んでいるのであまり酔っていないし、維人は飲んでもそんなに変わらないから、二人は静かに目配せをした。

　酔いの回った三葉を面白いと思う英奈と、困った様子の維人の視線が絡み、二人は密かに微笑みを交わす。

維人たちがはじめたサービスはすでに廃止され、維人が開発したものは、今は別の形で利用されているらしい。そのあたりは契約上公表できないと、三葉はあやしくなってきた呂律《ろれつ》で英奈に説明してくれた。

だがサービスの内容を聞けば、彼らの開発したものが、今大流行しているＳＮＳツールの前身だったことは容易に察しがついた。

それはファッションに特化したサービスで、ユーザー間はメッセージのやりとりもできないのに、利用者は全世界にいる。ユーザーに認められるのは、全身のコーディネート写真の投稿と、それに対する「お気に入り」機能だけ。他ユーザーから閲覧《えつらん》・評価された傾向をＡＩが分析し、他ユーザーのコーディネート写真から似合う服を提案してくれる。ユーザー間の交流を目的としないため、純粋な「似合う」が見つけられると評判で、とにかくＡＩがおすすめする「似合う」の精度が抜群だそうだ。

提携するブランドの衣類もウェブページから購入できるため、企業の力の入れようも半端《はんぱ》ではないとファッション誌で見た覚えがある。

英奈は、自分の写真を投稿することに抵抗があって使っていないけれど、同期の來海や後輩の西は使っていると言っていた。

（すごいなぁ）

そんな、全世界の人が利用しているものの原型を、維人と三葉が作っていたなんて。

「どうして会社を売却しようと思ったのか、きっかけを訊いてもいいですか？」

英奈は、向かいの三葉から、隣の維人に視線を移す。

静かにマグカップを傾けていた彼は、少しだけ考えるように視線をさまよわせて、いつもと同じ穏やかな声で答えた。

「きっかけと言えるほどハッキリしたものは、なかったかもしれないですね。ただ、当時自分たちにできることはやりきったと思ったんです」

その気持ちは、英奈にはなんとなく理解できる気がした。

やりきった。

そう言える瞬間は、ある日突然やって来る。

「後悔しませんでしたか？　会社というか、作ったものを手放したこと」

「まったく。自分が考えて作ったものが、誰かの手を借りてどんどん進化して広がっていくのは、面白いですよ」

いつもより維人が大きく見えるのは、彼の功績を知ったからじゃない。

その考え方自体が、なかなかできることではないと英奈は思うから。

普通、ここまで発展したサービスの核となるものを開発したら、もっと傲慢《ごうまん》になりそうなものだ。それなのに、維人はまるで自分の手柄ではないように、傍観者《ぼうかんしゃ》の立場でいる。

本当に「やりきった」と思っているから、ここまで自分と切り離して考えられるのだろう。

「頑張ったんですね」

英奈が心の底からそう言うと、維人は少し目を見開いた。

そして、はじめて褒められたこどもみたいに、表情を緩めて「はい」と答えた。

二人はしばらく見つめ合ったまま、神聖なくらい澄んだ沈黙の中にいた。

それを破ったのは、三葉の無邪気すぎる寝息だった。

「すぅ……すぅ……」

「えっ、三葉さん……？」

目を丸くした英奈の隣で、維人が苦笑交じりのため息をつく。

「新太郎は、どこでも寝るんですよ。起きろ、新太郎」

ソファに後頭部を預けて眠る三葉は、肩を揺らされてもピクリともしない。

（三葉さんって、本当に自由……）

維人は数回三葉の肩を揺すって呼び掛けていたが、三葉は起きる気配がない。困った様子の維人が、なんだか母親みたいに見えてきて、英奈はついクスッと噴き出してしまった。

眉を下げていた維人も、英奈につられてフッと息を吐き出す。

「お開きにしましょうか」

「そうですね。片付け、手伝います」

維人がタオルケットを三葉にかけてやっている間に、英奈は残った具材を大皿にまとめた。

それから、二人でカップやお箸《はし》、空いたお皿をシンクに運んで洗っていく。

スポンジを手に食器を洗うのは維人で、英奈は洗い上がったそれを拭いていく係で分担した。

腕まくりをして皿を洗う維人がちょっと色っぽく見えるのは、ほろ酔い気分だからだろうか？

「……葉月さん、俺も、ひとつ訊いていいですか？」

「なんですか？」

「陸上をやめた理由は、なんだったんですか？　怪我とか――」

「いえ、全然そんなんじゃなくて」

お皿を拭きながら、英奈は苦笑した。

「わたしも、やりきったというか……守谷さんのお話と違って、あんまりいい話じゃないんですけど、本当に聞きたいですか？」

「葉月さんが、話したくないなら無理には答えなくていいです。でも、俺は葉月さんのことはなんでも知りたいですよ」

相変わらずの発言にドキリとさせられながら、英奈はぽつぽつと語りはじめた。

——小学校で授業の一環としてあった部活動で、英奈は陸上部に入った。

走るのが好きだったわけではなくて、仲の良かった友達がみんな運動部に入るから、自分も陸上部に入っただけだ。足は速いほうだったし、やっていける気がした。

入ってみると、意外と楽しかった。走っているときは、なんだか静かで、よけいなことは何も考えなくてよくて、それが自分の中でしっくりきた。

中学に入ってからも、陸上部に入部した。ちょっとキツかった。

楽しいだけでは、やっていけなくなったのだ。

タイムで結果を出さなくてはいけないのはプレッシャーだし、運動部の上下関係は厳しい。ランニングシャツとパンツは腕や脚が剥《む》き出しで、男子にからかわれて恥ずかしい。毎日の練習は大変で、成長期に入って体つきが変わりはじめると、少しずつ自分の足が重くなった。

だけど、やめようとは思わなかった。

その理由は、英奈の場合は、母親だった。

母の病気が見つかったのは、英奈が小三のときだ。少しずつ病状は悪化して、英奈が中学になると母は入退院を繰り返すようになった。

中学に入ってはじめての大会で上位入賞を果たしたとき、母はすごく喜んでくれて、父が撮影した映像を何度も見ては褒めてくれた。目に涙をためて、上気した顔で『英奈、すごいねぇ』と繰り返す母は、昔の母みたいに元気そうに見えた。

『英奈が頑張ってるから、お母さんも頑張らなくちゃ！』

自分の頑張る姿が、母の励みになっている。だから、もうちょっと頑張ろうと思えた。

母不在の葉月家は、両家の祖父母や、母方の叔母が支えてくれて、彼らも英奈が頑張ることを望んでいるみたいだった。彼らのおかげで寂しくはなかったけれど、その期待は、スポーツ推薦で有名高校に入った英奈を少しずつ追い詰めた。弱音を吐く先はどこにもなかった。

だけど、やっぱりやめようとは思えなくて、人一倍練習した。

しかし、高校一年で県大会に出場した英奈は、思ったような結果を残すことができなかった。こんな結果では、地方大会にも進めない。全国なんて夢のまた夢だ。

母親の病室で結果報告するのは、これまでのどんなにキツい練習よりつらかった。そのとき、母は痩せた管《くだ》だらけの腕で、英奈に靴をくれたのだ。

競技用のグレーのシューズ。

赤と黒のラインが入った、かっこいい靴だった。

『これね、新しいモデルなんだって。英奈は、あんまり可愛いのだと恥ずかしがるから、かっこいいのにしたの。この靴で、また頑張って走ってるところ見せて』

『うん、頑張る。次はこの靴で、一番でゴールするよ。だから、絶対お母さんも頑張ってね』

けれども、次の年の県大会の一ヵ月前に母は息を引き取った。

父も、祖父母も、叔母たちも、日頃鬼みたいなコーチさえも、英奈に『無理しなくていい。大会には出なくてもいい』と言った。

違う、無理なんてしてない。できる。できるんだ。約束したんだ。

母がくれたシューズで、一番早くゴールするんだ。

そう思って、英奈は走った。

序盤に先頭グループにつけた英奈は、いいペースで周回していた。しんどくない、息もあがっていない。余力はある。終盤のスプリント勝負は得意だ。だから、絶対一番でゴールできる——

しかし、ラスト一周で膝《ひざ》が悲鳴をあげた。

一歩踏み込むたびにズキンと痛みが走り、膝《ひざ》から下に力が入らない。歯を食いしばって、脚を引きずりながら走りきったけれど、結局、記録は昨年よりひどいものだった。

母との約束を果たせなかった……英奈は自分を責めた。けれど、同時に肩にのしかかっていた物が消えたように、体が軽くなった。

そうか、もう無理しなくてもいいんだ。しんどいと、つらいと言ってもいいんだ。

幸い膝《ひざ》の状態はそこまでひどくなくて、休養して来年また頑張ればいいと誰かが言ったけれど、英奈は晴れやかな気持ちで『ううん、陸上はもう辞める』と正直に伝えた。

走る動機は、もうなかった。

ここまで陸上をやってきた理由。

それは、母が頑張れと言ってくれたから。英奈が頑張ることが、母の支えになっていたから。

別に陸上でなくてもよかった。走るのは楽しかったけれど、たまたま陸上だっただけで、水泳でも、吹奏楽でも、勉強でも、なんでもよかった。

中学のときから、もう母が良くならないのはわかっていたから、自分は一人でもこんなに頑張れるんだと、母がいなくても大丈夫だと、証明できるならなんだってよかったのだ。

その大会を最後に、英奈は陸上をやめた。

——全部は説明する必要はないから、ざっくりと話して、英奈はふふっと笑った。

「ちょっとかっこ悪い結末ですけど、やりきったと思ってます」

今思えば、あの頃から英奈の意地っ張りははじまったのかもしれない。

洗い物を終えた維人が、タオルで手を包んだまま、英奈をじっと見つめていた。

「それで、シューズ……」

彼のダークブラウンの瞳は、当時の英奈の痛みを察してくれているみたいだった。

「母がくれた靴は、本当にかっこよかったんですよ」

あの靴は、見ているだけでワクワクして、履くと足が速くなった気がした。

気持ちが上がる靴――いつか自分も、そんな靴を誰かに届ける側になりたい。

高校三年生になった英奈は、迷いなく進路を決めた。

「まわりからは、陸上を辞めたことをいろいろ言われたんです。自分に負けたとか、投げ出したとか、才能の限界だったとか……でも、今でも自分の選択は後悔してなくて。受験勉強にシフトしてよかったと思ってます。練習より、受験勉強のほうがキツかったですけど」

「だけど、それも諦《あきら》めずに頑張ったから、今の葉月さんがいるんですよね」

すーっと目を細めた維人が、手を伸ばして英奈の髪に触れた。

彼の瞳には温かな光が宿っていて、吸い込まれそうになる。

優しさを向けられているのが伝わって、胸の奥がぽかぽかする。それはこどもの頃、手放しに褒められたときみたいな少し懐かしい感じがして、胸の深いところが切なく軋《きし》む。

「よく頑張りましたね」

大きな手が、優しく髪を撫でてくれる。

下瞼《したまぶた》がジンとして、目の前が潤みそうになった。全部見ていたみたいに、彼はわかってくれている。

片付けを終えて、部屋の前まで送ってくれた維人を、英奈は背中でドアを支えて振り返った。

「今日は、ありがとうございました。楽しかったです」

「こちらこそ、新太郎がいろいろご迷惑をおかけして。酢飯まで用意させてしまいました」

「いえ、それくらいなんでもないですよ。ケーキまでいただきましたし。バースデーケーキなのに、蝋燭《ろうそく》立てなくてよかったんですか？」

ケーキは、英奈が半分持って帰ることになった。英奈が持つ皿に載せられたイチゴと生クリームのケーキは、このあとこっそり英奈の胃袋に収められることになるだろう。

維人は、箱につけられていた三十本の細い蝋燭《ろうそく》を思い出したのか、小さく肩を揺らしている。三葉に対して、本当に勘弁してほしいといった様子だ。

(そういえば、守谷さんのお誕生日プレゼント、買いに行けなかったな)

何か、お祝いができたらよかったのだけれど。

「お誕生日だって知ってたら、明日はごちそうを用意したのに……」

言ってから、もしかしたら誰かと食事くらい行くのかもと思い直す。

あれ以来、当然のように英奈は毎日夕飯を彼に差し入れている。

維人はすごく喜んでくれているようで、必ず美味しかったと伝えてくれるし、食器は絶対に洗われて返ってくる。彼は気を遣って食費を払いたいと申し出てくれたけれど、それを受け取ったら差し入れにならないからとお断りした。

一緒に食べているわけではないけれど……平日の夕飯は、英奈の担当になりつつあって、来週も当然作るつもりでいた。

「あっ、だけど、お誕生日の夜だし、お食事に行かれますよね。妹さんとも、今日はゆっくりできなかったし」

「明日は平日ですし、いい加減いい歳なので誕生日なんて祝うつもりはなかったんです。明日はいつも通り、まっすぐ帰りますよ」

それならなおのこと、明日は特別な食事を用意したかった……

英奈の落胆《らくたん》ぶりを見て取ったのか、維人はわずかに首を傾ける。

「今日、酢飯を用意してくれたじゃないですか」

こどもみたいに宥《なだ》められて、英奈は両手でしっかりお皿を持ったまま顔をしかめる。

「そんなのはお祝いにならないです」

「じゃあ、もっと欲張りになっていいんですか？」

一歩、維人が距離を詰めて、英奈はドアと彼の間に挟まれる。

見上げた維人を背後から照らす、廊下のライトに目が眩《くら》む。

「葉月さん、触っていいですか？」

「え、っと……」

答えられないうちに、彼の両手が英奈の頬をすっぽり包んだ。

ドッドッドッ……と心臓が暴れるみたいに鼓動が加速していく。

火が出そうなくらい顔が熱いのは、自分のせいか、彼の手から伝わる温もりなのか。

ダークブラウンの瞳がゆっくりと迫ってくる。

お皿を持つ手に力が入り、英奈はぎゅっと目を瞑《つむ》った。

唇にやわらかな感触が重なり、すぐに離れた。

触れただけのキスなのに、頭の芯まで甘く痺《しび》れて、彼の優しい匂いにクラクラする。

コツンと額《ひたい》がぶつかって、彼が息を吐きだした。

「俺が、どれくらい葉月さんを好きか、ちゃんと伝わってますか？」

伝わっている。

そう返事をしたいけれど、目を開けたら維人と見つめ合ってしまう。

目を閉じたまま、英奈は震えるみたいに小さく頷いた。

「わかってくれてて目を閉じてるなら、もう一回キスしますよ」

笑みを含んだ低い声が耳に届く。

その声は、あの夜と同じ。とろけるほど甘くて、英奈の心を溶かしてしまう。

逃げることなんてできなくて、目を瞑《つむ》ったままでいると、額《ひたい》が離れ、ゆっくりと唇が重なった。

やわらかい感触が英奈の唇をついばみ、濡れた粘膜がわずかに触れ合う。

頬を包んでいた彼の手が片方、うなじへ差し入れられると、背筋に電流が駆け抜けたように体が痺《しび》れる。息を乱して薄く開いた英奈の唇を、くすぐるように彼の舌が辿《たど》る。

誘われるようにして受け入れた、ぬるりとした舌先の感触に、膝《ひざ》が震えた。

「はぁ……」

甘い吐息をこぼした英奈に、ついばむような甘いキスをして、維人はまたこつんと額《ひたい》を合わせた。

「……おやすみなさい、葉月さん」

頬に、混ざり合った二人の吐息を感じたのを最後に、彼は英奈を解放して、英奈もこくりと頷いて、ドアを閉めた。

施錠《せじょう》した玄関口で、英奈は思わず座り込み、しばらく動くことができなかった。

とろけるようなキスに膝《ひざ》が震えて、苦しいくらいに、いつまでも胸がドキドキしていた。

9

部屋に戻った維人は、バタンとソファに倒れ込んだ。

『素敵な夜をありがとうございました』

あの日、目覚めた維人を待っていたのは、たった一枚のメモ書きだった。

クリスマスの朝、彼女は消えてしまっていた。

葉月英奈は、あたかも昨日のひとときが一夜の過《あやま》ちであるかのように、連絡先も残さず去ってしまったのだ。

英奈を腕に抱いているとき、維人がどれほど幸せだったかも知らずに――

関わり方を間違えた。彼女に一夜限りの関係だと誤解させてしまった。

その結果がこれなのだから、諦《あきら》めるべきかもしれない。いや、諦《あきら》めるしかない。連絡先も知らないのだから――頭ではそう理解できても、どうしても諦《あきら》めきれなかった。

もう一度会いたい。

せめて、彼女に気持ちを伝えたい。

彼女と関わるためには、まず接触しなければならない。連絡先も知らない相手と接触するために、まず維人は英奈の家を特定した。

簡単だった。会話の中にヒントはいくつもあったから。

彼女は都内在住で、家から駅まで十分だと言った。

近所には公園があり、近くの小学校に通う児童たちの下校途中の遊び場になっている。最寄り駅には業界第二位のコンビニエンスストアがあるが、お気に入りのカフェオレの取り扱いがなく、ひと駅手前で下車して購入し、二十分かけて歩いて帰る。その途中には川があり、住んでいるのは大学入学当時築浅《ちくあさ》のワンルームマンションで、オートロック付き。

最寄り駅や地名を言わずとも、それだけわかれば十分だった。

会社も同様に、すぐに調べがついた。難しいことではない。

彼女が会話の中で落としたパンくずを、維人は残さず拾い集め、家と会社にたどり着いた。

そして、彼女の隣人である貧乏大学生を、大学の教授経由で別のマンションに転居させ、キッピング本社の隣のビルに自分のオフィスの移転を決め――気が付くと、歯止めが効かなくなってしまっていた。

最終的には、バードウォッチングと称して、コーヒー片手に双眼鏡で隣のビルを覗くのが人生最大の楽しみになっていたのだから、完全にまずい。

そこからようやく好転した彼女との関係を、大切に、慎重に進めていきたい。

今度こそ絶対に、順番は間違えないつもりだったのに――

「……ちゅーした？」

寝言のような新太郎の声に、維人は起き上がった。

断りもなく維人のベッドを占領した新太郎は、かろうじて開いた目で維人を見上げて、気の抜けた笑みを浮かべている。

「いい子じゃん、維人君の英奈ちゃん」

「……お前が呼ぶな」

「あー……ちゅーしたな、これは。機嫌いいもん……」

クツクツと不気味に喉を鳴らしたかと思うと、新太郎は再び寝息をたてはじめた。

寝つきの良さは相変わらずだ。

おそらく、今の会話も、明日起きたときには覚えていないのだろう。

ため息をつきながら、新太郎に布団をかけてやり、維人はキッチンに向かってコーヒーを淹《い》れた。

鞄から私用のノートパソコンを取り出し、テーブルの上で起動させる。

『最近になって、やっと夢に近付いたといったところです』

あの夜、彼女が語った夢。

今日聞いた、それに至るまでの経緯。

彼女が掴みかけている夢を、誰にも邪魔させはしない。

維人がキーボードを叩くパソコンの右上には、小さな紙片が貼りつけられている。

もう変色しているそれには、ショートカットの学生服の女の子が、よそを向いて笑っている姿がしっかりと収められていた。

10

「はっ。こんなランニングシューズ、僕はどうかと思うけどね」

ふんぞり返る多比良が、提出した申請書をデスクに放り投げた。

自分と西が必死になってまとめた書類がぞんざいに扱われるのを見て、英奈は奥歯を噛みしめる。

週明けの月曜日。

まだ午前十一時でこれでは、今日の午後、それどころか今週が思いやられる。

試作品作製の書類を確認したと多比良に呼び出された英奈は、これが先週の報復であることにうすうす勘付いていた。

だって、もし企画そのものに問題があるのなら、企画部内での会議や、多比良も同席した部内会議でダメ出しを食らっていたはずだ。

会議では多比良も『いいね』と言っていたのに……この手の平返しだ。

「まっ、試作品を作ってみて、現実を見るといいよ。社内会議で落とされるだろうから。そういう場だからさ、あそこは」

うんざりしたようなため息をついて、多比良は申請書に判を捺《お》す。

そして、その申請書を、汚いものでもどけるように指で弾《はじ》いて、英奈のほうに滑らせた。

悔しい。こんな扱いをされるなんて。

だけど、ここで反抗的な態度を取るのは多比良と対立を深めるだけだ。

申請書に伸ばした英奈の手に、多比良が触れようと動く。

英奈はその手から逃れてなんとか取った書類を、守るように抱きかかえた。

「ご確認ありがとうございます、は？　ないの？」

ギロリと睨むような多比良の目を、英奈はじっと見つめ返した。

「……ご確認、ありがとうございました」

自席に戻ると、隣のデスクでは、西が大きな目を潤ませていた。

小さな唇をぎゅっと引き結んでいた西は、多比良が席を立って部署を出て行ってから、「はぁっ」と悔しさの滲《にじ》む息を吐き出した。

「わたしのせいです。これで、もし葉月さんの企画が通らなかったら――」

「ううん、西さんのせいじゃないよ。部内会議は突破できても、社内会議はそう簡単にはいかないっていうのは事実だから。それは、わたしの企画がダメだったってだけ」

英奈が笑いかけると、西は情けない顔になってしまった。

眉も目尻も下げている表情は、怯《おび》えた小動物みたいだ。

「でも……課長、絶対に何か企《たくら》んでますもん。申請書を確認するのだって、あの人の仕事じゃないですか。それなのにあんな言い方して……」

英奈も、多比良はまだ何か企《たくら》んでいるような予感はしている。

（このまま水に流して……くれないだろうな）

多比良は常務と深い関係があるとかないとか、噂を耳にしたことがある。

常務の一声がかかれば、英奈の企画など、いつだってなかったことにできるのだ。

けれども、不安は言葉にしたら現実になりそうで、肯定したくない。

「不安がっててもしょうがない。まずは、試作品を作れることが嬉しい」

走り慣れていない人に、安全な靴をデザイン性で訴求する——それが今回のコンセプトだ。

昨今の健康ブームや、二十四時間利用できるフィットネスジムの人気で、ランニングシューズを手に取る層は広がっている。だが、そこを狙った競合他社の動きはすでにあり、キッピングは後《おく》れを取っている状態だ。会社としても、「新規ユーザーを取り込む企画を」と望んではいるが、今回英奈が出した内容が、会社の求めるベストかどうかはわからない。

でも、走り慣れた自分だからこそ作れる靴だと思っている。

反動を吸収する広めのソール、日本人の足にあったインソールに、フィット感のあるアッパー。

見ているだけでワクワクして、履いて走ると気分がいい――そんな気持ちになれるデザイン性と、安全に走るために必要な要素を、すべて詰め込んだつもりだ。

（前向きにやるしかない）

英奈のやる気が伝わったのか、西はフンッと鼻を鳴らして、下ろしていた髪を手櫛でまとめて高い位置で結んだ。

「わたし、仕事の鬼になります。あのセクハラオヤジに、ミスで弱みを見せるなんてヘマはしませんっ」

可愛い顔でさらっと毒を吐いた西は、豪快にマウスをガタガタ操作しはじめた。

西の頼もしさにふふっと笑って、英奈も自分の仕事に戻る。

試作品の発注を掛けると、ちょうどお昼休憩の時間になった。

來海とのランチに出る前にスマホを確認すると、健吾からの着信が残っていた。

（何の連絡？　かけ間違い……とか？）

留守番電話も残っていない。緊急なら、そのうちメッセージなり送ってくるだろう。

英奈は、健吾からの連絡を早々に頭から削除して、來海とのランチに向かった。

◆
◇
◆

ハンドルを握る維人に、英奈は今日の出来事を簡単に語った。

「でも、金曜からは連休なので。木曜まで頑張って、ゆっくりします」

――昨日の今日で、彼の車に乗るとき、英奈はちょっと緊張した。

付き合っているわけでもないのに、昨日、キスをしてしまった。

けれど、今日の維人の様子はいつもと変わらない。

さすがに、何かあるかと思っていた。

いつも通りで不満という意味ではない。ちょっと身構えていたから、突然態度がガラリと変わったりしなくてよかったという安心のほうが大きい。

キスを許したのだからその先も……なんて迫られたら、どうしようかと思っていた。

よくある話じゃないか。関係がはっきりしないうちに、男女の仲になってしまって、そのままずるずる……なんて。

（そんな心配、必要なかったよね。守谷さんは、優しくて、いい人だし……）

過剰に意識していた自分が、少し恥ずかしいくらいだ。

「そうだ！　守谷さんの会社は、ＧＷ《ゴールデンウィーク》はいつからですか？」

「金曜からです。どこも同じですね」

赤信号に停車する。

信号待ちの間、車内にはいつもより緊張感のある沈黙が流れている気がした。

「葉月さんの、連休の予定を訊いていいですか？」

アクセルを踏むと同時に維人が尋ねた。

「前半は、実家に顔を出します。三泊して、月曜にはこっちに戻って、予定が合えば友達と食事しようかって話してます」

「葉月さんのご実家は、神奈川《かながわ》ですよね。俺の実家も神奈川方面なんです」

彼は学生時代、神奈川方面からの電車が乗り入れる駅が乗り換えの駅だったらしく、朝は大混雑だったと話して、英奈もそれに共感した。

「わたしも、その駅で降りて高校に通ってました。高校が私立だったので。毎朝すごい人ですよね」

思い出して顔をしかめた英奈に、維人はいつものようにフッと息を吐きだした。

「懐かしいですね。今年は、俺も実家に顔を出さないといけないんです。よかったら、葉月さんのご実家の近くまで、車で送っていきます」

「そんな、電車で帰れるので――」

「連休に入ったら、葉月さんと会えなくなるので。そうさせてください」

そうだった。

連休に突入したら、彼と会う機会はなくなってしまう。

毎日顔を合わせていたから、一週間以上も会えないと思うと寂しく感じる。

（って、まだ再会して一ヵ月くらいなのに……）

突然英奈の前に現れて以来、ずっと頭の中に彼がいたせいか、それとも英奈のことを理解して守ってくれているからなのか、とても長く一緒にいる気がしていた。

（でも、実家まで送ってもらうなんて……長距離ドライブすぎないかな）

会社からの帰り道とはわけが違う。気軽に「お願いします」と言える距離ではない。けれど、彼が「会えなくなるから」と離れ難《がた》さを示してくれたことを、嬉しいとも思っている。

英奈が答えあぐねているうちに、車はマンションの駐車場に到着した。

「葉月さん」

シートベルトを外そうとしていた英奈が顔を上げると、まっすぐに自分を見つめるダークブラウンの瞳と視線がぶつかった。ドキリとして動けなくなった英奈に、彼は優しく目を細める。

「俺に実家の話はしてないって、気付きませんでしたか？」

「あ……」

言われてはじめて気が付いた。

そういえば、実家がどこかなんて、話していない。

会社や家を特定したみたいに、それも調べたのだろう——そんなふうに、すんなり納得してしまうのだから、慣れとは怖いものだ。もう、はじめの頃のように警戒したり、ちょっと複雑な気持ちになったりすることもない。

「俺が葉月さんのストーカーなのは、言い訳のしようもない事実ですし、これからも変わらないと思います」

「え……？」

いったい、何の宣言なんだろう……？

戸惑いを浮かべた英奈とは反対に、彼は真剣な表情になる。

「でも、葉月さんが好きです。順序が逆になってしまいましたけど、真剣に、お付き合いしてもらえませんか」

ポカンとしてしまった英奈の頭に、ジワジワと意味が染み入ってくる。

顔にブワァーッと熱が集まり、昨日の再現のように心臓が早鐘を打ちはじめる。

「お、つきあい、って……」

「結婚を前提に」

その確認ではなく……！

男女交際の意味ですかと尋ねたかった英奈は、自分から火の中に飛び込んでしまった気分だった。

(ど、ど、どうしたら……!?)

頭の中が真っ白になっている。

自分がパニックに陥《おちい》っていることを、こんなにハッキリ自覚するなんて。

維人と、恋人になる?

(それって……)

どうなるんだろう? 今の関係と、どう変わる?

不安要素が浮かばないのは、自分がドキドキしているからだろうか?

(確かに、ストーカーだったけど……)

英奈がピンチのときに側にいて、支えてくれた。

クリスマスイブのホテルでは、見知らぬご夫妻を一緒に助けてくれて、そういう機転の利くところも素敵だなと思った。三葉に接するときの母親みたいなところも、包容力があって魅力的だ。自分の成功を鼻にかけたり、人にしたことを恩着せがましくしない大人なところ、そういう考え方も含めて、彼を尊敬できる人だと思っている。

維人のことをすごく素敵な人だと思う気持ちは、あの日と変わっていない。

いや、あの日より、今のほうがずっと大きくなっている。

彼が自分の欠点だと考えているストーカー的な部分を差し引いても、維人を一人の男の人として「いいな」と思う気持ちのほうがずっと強い。

その正直な気持ちは、英奈をひとつの答えに導《みちび》いた。

「……はい。わたしでよかったら」

コクリと頷くと、維人は目を閉じて、はーっと息を吐きだした。

もしかして……緊張していたのだろうか？

目を開けた維人は、英奈の手にゆっくりと自分の手を重ねた。

「葉月さん、絶対、幸せにします」

「そ、そんな……」

プロポーズみたいなセリフを感情のこもった甘い眼差しで言われて、限界まで顔が熱くなってしまった。

「そっ、そうだ……！　守谷さん、お誕生日、おめでとうございます……！」

バッグから、青いリボンのかかった立方体の箱を取り出す。今日のお昼休みに、來海に付き合ってもらって駅ビルで買ってきた、彼へのバースデープレゼントだ。

「ハイブランドじゃないんですけど……ネクタイです。ほかに、思いつかなくて。ほら、守谷さん、いつもちゃんとネクタイされてるじゃないですか」

真っ赤になっているであろう顔で、なんとかいつも通りに振る舞おうと早口であれこれ説明してみたが、包装を開けた維人の嬉しそうな表情が目に入って、ボンッと心臓から煙が出た気がした。

すごく、無防備な表情を見てしまった……！

「嬉しいな……ありがとうございます。これをつけて、葉月さんのご実家に行きますね」

「アッ、ハイ」

彼がなにを言ったのかもよくわからないまま、適当に相槌《あいづち》を打ってしまったことを英奈が後悔するのは、数日後の話だった――

11

「本当に明日帰っちゃうの？　もっといればいいのに」

ベージュのエプロンをつけた叔母は、からあげを揚げながら振り返った。

キッチンのテーブルで、ポテトサラダ用にジャガイモをつぶしている英奈は、手を止めずに首を横に振る。

英奈が帰省すると、初日に父方の祖父母が泊まりでやって来て、最終日に母方の叔母家族と祖父母が顔を出してくれるのが恒例になっていて、今年もそうだった。

「連休ギリギリまでこっちにいたら、生活リズム戻らないから。またお盆休みに帰ってくる」

「そっかぁ。そうよねぇ、正社員で仕事してるんだもんねぇ。お義兄《にい》さん、英奈ちゃんが帰ってくると楽しそうなのよ。お盆は長くいてあげてね」

「うん――」

英奈が実家に帰ってこられるのは、お正月とGWとお盆くらいだが、近所の叔母や祖父母は、月に一度くらいのペースで父の様子を見てくれているらしい。

だが英奈は、父が寂しがっている姿をうまく想像できない。

英奈が上京してから、父は同僚とゴルフに行ったり、町内会の人たちと温泉旅行に行ったり。庭には立派な家庭菜園ができあがっているし、じっとしていない様子だ。

だけど、もしかしたら、娘には弱いところを見せたくないのかもしれない。

今も、叔母の高校生と大学生のこどもとテレビゲームをして大笑いしている。

彼らがやっているのは車のレーシングゲームで、父は大人げなく本気を出して、首位独走中だ。みんな楽しそうだけれども。

(元気でいてくれたらいいけどね)

つぶしたジャガイモに塩コショウをしていると、叔母がからあげを菜箸《さいばし》でつまみ上げながらまた振り返った。

「そうだ。明日、帰るとき駅まで送ってあげよっか？」

「ううん、大丈夫。ありがとう」

「なぁに、遠慮してるの？」

中学入学前から母のかわりに面倒を見てくれた叔母に、今更遠慮なんてしない。学生時代は、多少は遠慮もあったかもしれないけれど。そうではなくて……

「迎えに来てもらうから、大丈夫」

自分でもビックリするほど小さな声で言った英奈に、叔母は体ごと振り向いた。

「え？　もしかして、新しい彼氏ができたの？」

「…………うん」

付き合って、まだ一週間だけど。

あれ以来、手も繋いでないし、キスだってしていない。夕飯だって、同じものを別々に食べているんだけれども。

呼び名だって、お互いまだ「葉月さん」と「守谷さん」で、全然恋人らしい空気はないが、連休初めの金曜も車で実家のそばまで送ってくれて、明日も迎えに来てくれる。すごく、信じられないくらいものすごく、健全な交際をはじめたところなのだ。

「健吾君とよりを戻したんじゃないのよね？」

「違うよ。年上の人。……この間、三十歳になったばっかり」

叔母の顔がニヤニヤと崩れていくのを横目で見ながら、英奈はマヨネーズでジャガイモを和《あ》える。

「なーんだ。なら安心だわ」

どういう意味かと首を傾げた英奈に、叔母は嫌そうに鼻に皺《しわ》を寄せて唇を歪めた。

「ちょっと噂で聞いちゃってね。健吾君、去年の末に婚約したのに破談になったんですって」

「……そうなんだ」

まったく興味もなかったから、健吾があれからどうしているかなんて知らなかった。

それにしても、婚約が破談になるなんて、何があったのだろう。

（また健吾が浮気したとか？）

それで、相手をしてくれる人がいないから、暇つぶしに英奈に連絡してきたのだろうか。

「――で、新しい彼はどんな人？　かっこいい？　写真ないの？」

「なんだ、英奈。新しい彼氏ができたのか。そのうちご挨拶に行かないとな」

ふらりとキッチンにやってきた父に言われて、英奈は飛び上がる思いだった。

しかし父は冷蔵庫から麦茶を出すと、何事もなかったようにゲームの輪に戻って行く。

早速父にもバレてしまった……。

（だけど、ちょうどよかったのかも……？　自分から伝えるほうが恥ずかしいし）

英奈にとって、家族はとても大切な存在だ。

恥ずかしい気持ちはもちろんあるが、隠さなければいけない彼氏なんて、ちょっと考えられない。結婚のプレッシャーをかけるとか、逃げられないようにするとか、そんな重い意味じゃなく、いずれ維人に、父と会ってほしいと思う。

父に、自分がこういう人と一緒にいて、毎日幸せに暮らしていると知ってもらいたい。

「で〜？　新しい彼、三十歳なのよね？　結婚は？」

「ま、まだ付き合ってそんなに経ってないから……！」

叔母の質問攻めにタジタジになりながら、英奈はポテトサラダを作り終えた。

（まったく、心配してくれているのはわかるけど！）

付き合って一週間なんだから、結婚なんてまだまだ考えられないのに——

——翌日の昼。

「お嬢さんと結婚させてください」

「えっ」

「えぇっ」

英奈と父親の声が綺麗に揃って、視線は頭を下げる維人に釘付けだ。

約束通りに迎えに来てくれた維人は、なぜかスーツだった。

先日英奈がプレゼントしたネクタイを締めた彼は、英奈の父に手土産《てみやげ》を持参していた。

そして、『よかったら、ご挨拶をさせてもらえませんか。葉月さんのお父様に、安心していただきたいので』と言ったのだ。

一人娘の交際相手がどんな人か。父はきっと気になっているはずだ。

維人は、そんな父を安心させたいと思ってくれている。

さすがにまだ父に会ってもらうつもりはなかったけれど、維人が父に交際報告をするつもりでスーツで来てくれたのだとわかると、彼の誠実さにときめいてしまって、深く考えずに頷いた。

父は突然の訪問に驚いたようだったが、娘の交際相手を玄関で追い返すような人ではない。

こうして維人は葉月家の居間に案内されて、簡単な自己紹介がはじまったのだ。

「はじめまして、守谷維人と申します。お嬢さんとは、真剣に交際させていただいています」

「どうも、英奈の父です。わざわざご丁寧に」

はじめは緊張していた父だったけれど、維人の誠実さが伝わったのだろう。

次第に上機嫌になってきて、維人に仕事や出身地を尋ね、彼もつつがなく答えていた。

想像以上に好感触な初顔合わせとなっている気配に、英奈はぽかぽかした気持ちでお茶を淹《い》れて維人の隣に座った。

「僕の実家は、東条《とうじょう》コーポレーションの創業者一家の本家です」

「東条って、あの東条……？」

父も驚いていたけれど、英奈も初耳でビックリだ。

東条コーポレーションといえば、ホテル経営で有名な大企業。

日本国内だけでなく、海外にも経営の手を伸ばし、成功を収めている。まったくの異業種なので英奈はその程度の知識しかないけれど、彼がトップクラスの良家の令息だというのはわかる。

「はい。守谷というのは母の旧姓です。家は、妹が入り婿を取って継がせることになります」

（そういえば、守谷さんが会社を立ち上げたきっかけって……）

『――家を出たかったんです』

何か事情があって、家を出たのだろう。

まだ、立ち入ってあれこれ聞いていいことではない気がする。

父が無遠慮な質問をしないか英奈がハラハラしていると、維人は父に向かってこう言ったのだ。

「さきほど申し上げた通り、僕は会社を経営しています。独立していて、実家との繋がりはほとんどありません。まだまだ成長中の会社ではありますが、お嬢さんを生涯養っていく準備はあります。――どうか、お嬢さんと結婚させてください」

「えっ」

「えぇっ」

――驚きの声をあげたあと、ポカーンと口を開けたまま、英奈も父も固まってしまった。

交際して一週間……ちゃんとデートもしていないのに？

結婚の承諾って、こんなに早いタイミングでもらうものだっけ？

そもそも、プロポーズされた？

「け、結婚……!?」

英奈より先に衝撃から立ち直った父が、腰を浮かせている。

うん、そうだ。この反応が普通だ。

戸惑っている自分がおかしいわけじゃない。

「ずっと、お嬢さんだけを追いかけてきました。お嬢さんと一緒にいるためなら、なんだってしてします」

……それは誇張《こちょう》表現でもなんでもない事実。

彼の執着心を身をもって経験しているだけに、顔に熱が集中する。

「どうか、彼女と笑顔溢れる家庭を築くお許しをください」

（守谷さん……わたしのほうが恥ずかしくて、もう、限界です……）

維人を止めるタイミングを完全に逸してしまった。

ヤカンみたいに、顔から湯気がシュンシュン出そうだ。

こんな熱烈なセリフを、父はどんな顔で聞いているのだろう。

顔を上げると、英奈の父は、目頭を押さえて肩を震わせていた。

（えっ、えぇっ⁉　泣いてるの……⁉）

父は袖《そで》で涙を拭うと、姿勢よく座り直して、英奈など無視して維人に深く頭を下げた。

「意地っ張りな娘ですが、大事にしてやってください」

「誰より大切にすると誓います」

父と維人が抱き合わんばかりの熱っぽさで頷きあうのを、英奈は呆然と見守ることしかできなかった。

◆◇◆

目を赤くした父に見送られて維人の車に乗り込んだ英奈は、自分が取るべき反応を見失っていた。

（守谷さんって、ちょっと……いや、かなり変わってる）

普通は、食事やデートを繰り返し、お互いをよく知って、交際期間も長くなってきてから、プロポーズ。二人の意思が固まってから、親から結婚の承諾をもらうものなのではないだろうか。

食事もデートもプロポーズもすっ飛ばして、父親から背を押されている英奈は、いったいどうしたらいいのだろう？

走り出した車の中で、チラリと維人を窺《うかが》う。

視線を感じたのか、彼は眉を下げてフッと笑った。

「すみません、葉月さん。今日は交際のご報告だけのつもりだったんですが、お父様を前にすると抑えられなくて。認めていただけてよかった」

父が交際を応援してくれるのは、英奈も嬉しい。

維人が父に言ってくれた言葉も、内容だけを考えると、やっぱりすごく嬉しい。

それに結婚だって、今すぐではなくいずれ……ということなら。

問題は、早すぎることだ。

維人は、健吾とは違うから、結婚をほのめかしておいて飽きたらポイなんて人ではないと思う。

だけど、こんなに早くに父に結婚宣言してしまって、あとから後悔しないだろうか？

「でもわたしたち、お付き合いしてまだ一週間ですよね……？」

「そうですね。早すぎると思いますか？」

「はい……」

それはもう、早すぎて全然追いつけないくらいだ。

正直に返事をした英奈に、彼は共感したように苦笑した。

「先走り過ぎましたね。つい気持ちが溢れてしまって。ずっと葉月さんが好きだったので」

「……ずっと？」

彼と出会ったのは、昨年末のクリスマスイブだ。

それからずっと英奈を想ってくれていたのだとしても、まだ四ヵ月だ。

けれど、英奈にとっては「たったの四ヵ月」だけれど、維人にとっては「四ヵ月も」なのかもしれない。彼がこんな超スピードで父に結婚の話を持ち出したのも、期間の捉《とら》え方が違うからなんだろうか。

赤信号で車を止めて、維人は英奈に顔を向けた。

その表情は、なんだか――少年みたいな純粋さが浮かんで見える。

「すみません、俺、かなり舞い上がってるな……。以前、俺が葉月さんに話さないといけないことがあるって言ったのを、覚えてますか？」

覚えている。

英奈が、どうしてクリスマスの朝にホテルから逃げ出したのか説明しようとしたときに、彼が言ったのだ。『話さないといけないことがある』と。

「本当は、ストーカーの件が片付いてから話すつもりだったんです。でもその話を聞いてもらえたら、俺が言ってることがどういう意味か、わかってもらえると思います。マンションに着いたら、聞いてくれますか？」

英奈の頭には、どういうわけだか、あの夜自分が逃げ出した理由が浮かんだ。

『失礼。知り合いとよく似ていたので、つい』

英奈に似た、維人の知っている誰か。

あの夜、維人が英奈に存在を重ねた人。

忘れかけていた自分以外の誰かの存在が、モクモクと大きくなっていく。

だけど、彼の話は、英奈が想像しているのとは全然違う内容かもしれない。それに、もしきっかけが誰かの身代わりだったとしても、今は違うと信じている。

彼は、ありのままの英奈を受け入れて、好きになってくれた……そう思いたい。

「……はい」

緊張するあまり、英奈の返事は自分でも驚くほど小さな声だった。そんな英奈に、維人は安心させるようにやわらかい微笑みを向けてくれた。

英奈がはにかんだような微笑みを返すと、それきりしばらく二人の会話は途切れた。

マンションのそばの駐車場に車が滑り込んだのは、十九時頃だった。

(どうしよう……なんだか、緊張しちゃうな)

これから重要な話を聞くんだと思うと、いつものように維人と話せない。

維人も、表情は普段どおり穏やかだけれど、いつもより口数が少ないように思うのは、気のせいではないはずだ。たぶん、彼も英奈と同じように緊張している。

いつものように、二人はマンションのエントランスにある集合ポストに向かった。

ダイヤル式のロックを解除して、銀色のポストに映る自分から目を逸らす。

なんて強張った表情だろう。

落ち着いてと自分に言い聞かせて、ふーっと息を吐き出しながら、英奈はポストを開いた。

ダイヤル部分の黒いつまみを引っ張ると、いつもと違う圧迫されるような重い感覚が指先から伝わってくる。違和感を覚えるよりも早く、中から押されるように開閉口が開き、ビックリ箱みたいに紙が溢れ出してきた。

「えっ……」

パンパンに詰まっていたポストの中身が流れ出し、足元に広がる。

目の前が白く染まるほど勢いよく飛び出してきた白い紙。

咄嗟《とっさ》に、雪崩《なだれ》を起こしたポストの紙を押し止《とど》めようとして、英奈は鋭く息を吸い込んだ。

白い封筒だ。

ポストに詰め込まれていた紙は、ぜんぶ、あの白い封筒――

「っ……‼」

全身の毛が逆立った。

一枚じゃない。

百枚、二百枚、いや、もっとたくさん。

ただのいたずらの域を超えた狂気を感じて、全身の毛が逆立った。

声にならない悲鳴をあげた英奈を、維人が強く抱き寄せる。

「見なくていい。俺が通報しますから」

目を塞《ふさ》ぐように、彼は英奈の額《ひたい》を肩に押さえつけた。

あまりの衝撃で、目を閉じることもできなかった。

自分のテリトリーが脅《おびや》かされている悔しさや、目的のわからない行為の不安がない交ぜになり、英奈はぎゅっと維人の背広を掴んだ。

「こんなことして、なにがしたいの……！」

溢れ出した英奈の複雑な思いを落ち着かせるように、維人の大きな手が何度も背中を撫でていた。

通報して現場に駆け付けた警察官に事情を話したあと、英奈は維人に促《うなが》されるままに彼のマンションを訪れた。

◆◇◆

さすがに英奈も、あのマンションにいたくなかった。

維人のマンションは車で三十分ほど走った住宅地にある。二十四時間体制でコンシェルジュが常駐している高級マンションに驚く余裕もないくらい、英奈は疲弊《ひへい》していた。

(誰があんなことしてるの……?)

頭の中はそればかり。

維人が手配してくれた夕食を食べている間も、自分がいったい何をしてしまったのか、人生を振り返るので忙しかった。犯人は自分を知っていて、何かを訴えようとしているのに、英奈は相手が誰で、何を伝えようとしているのかを知らない。

それが気持ちが悪くてしかたがない。

(何がしたいんだろう……あの封筒に、何の意味があるの?)

リビングのソファに座ったまま考え込んでいる英奈を、維人がやんわりと寝室に促《うなが》した。

「今日は寝て、考えるのは明日にしましょう。悩めば悩むだけ、相手の思うつぼです」

彼に手を引かれて立ち上がった英奈は、壁掛けの時計を見てはっとした。

もう深夜一時を回っている。

「すみません、ぼーっとしちゃって……こんな時間まで。わたしはソファで寝ますから――」

「葉月さんをソファで寝かせたりしません。葉月さんの寝具は明日手配するので、今日は俺のベッドを使ってください」

「でも、おうちにお邪魔させてもらってるのはわたしのほうですし……」

「俺はソファで十分です。仕事に熱中して、リビングのソファで寝るなんてよくあることですから。気にしなくていいから」

たぶん、英奈が遠慮するほど彼に気を遣わせてしまう。

迷惑をかけてしまって申し訳ないと思いながらも、彼の厚意を受け入れた英奈は、維人に案内されてベッドルームに入った。

自分が暮らすワンルームよりも広い寝室は、家具が少なくてがらんとして見える。

想像したより大きなベッドと、空間を埋めるために置かれたようなソファとテーブルのセット。

手を引く維人に誘導されてベッドに座ると、マットレスの弾力がお尻から伝わってくる。

維人と繋いだ手から彼の熱を感じているからか、空いた手の平に触れたシーツがやけに冷たい。

「ゆっくり眠ってください。俺はリビングにいますから、何かあったら声をかけてください」

穏やかな声で言った維人が、手を離そうとした。

その手を、英奈は咄嗟《とっさ》に強く握ってしまう。

「あっ……」

これでは、引き留めてしまっているみたいだ。

手を離さなければ。そう思ったはずなのに、英奈は真逆のことを口走っていた。

「まだ、ちょっと心細くて……」

寂しくて一人になりたくないなんて、こどもみたいだ。

口をついて出た本音に、恥ずかしくなってくる。

けれど……言ってから、英奈は自分がどれだけ心細さを感じていたのかに気付いた。

こんなふうに、素直に本音が溢れてくるのは、怖かったから？

(ううん、そうじゃない。相手が、守谷さんだから……)

彼に甘えている自分が照れくさくて、慌てて彼の手を離そうとした。けれど、今度は維人の指が英奈の手を絡めとった。

彼は何かを堪《こら》えるように一瞬だけ眉根を寄せ、すぐにフッと笑うと、英奈の隣に無言で座った。

彼の腕が伸びてきて、ぎゅっと抱き寄せられる。

維人は英奈を抱きしめたままごろんと横になり、英奈も優しくベッドに倒されてしまう。ふんわりしたマットレスと、ほのかに漂う彼の優しい匂いが体を包む。

枕に頭を預けた維人の腕の中で、心臓がトクトクッと駆け足になるのを感じた。

「こうやって甘えてくれたほうが、俺は嬉しいです」

英奈の髪を撫でる彼の声は、優しくてやわらかい。

ネクタイを外したワイシャツから首筋が覗き、洗剤の香りとは少し違う、彼の肌の匂いがする。

付き合いはじめてから、これまでにないくらい密着していて、ドキドキしている。それでいて、変なふうに緊張したり身構えたりせず、すごくリラックスできているのは、彼に守られていると実感しているから。

安心する。彼がいてくれたら、怖くない。

甘えるように、英奈は彼のシャツをぎゅっと握った。

12

――それは、維人が高校三年の夏のことだった。

平日の七時半、いつもと同じ通勤ラッシュ。

学生が夏休みに入っても、乗り換え駅は大混雑している。

その駅のホームで、維人はベンチに座っていた。

電車が駅を発車し、数分後には次の電車がホームに滑り込んでくる。

忙しなく流れるアナウンスや電車の接近を知らせる音楽。人の声。

維人は、それらすべての音が遠く感じられるほど、電車の発着に集中し、計っていた。

線路に飛び込むタイミングを。

自分は、東条家には不必要な人間だ。だから、消えなければ。

会社のトップに立つ維人の父親は、自分にも周りにも厳しく、誰に対しても公平な人だった。そんな融通《ゆうずう》の利かない兄を、叔父は常より疎《うと》ましく思っていたのだろう。

『だから兄さんのこどもじゃないんだよ、維人は！』

叔父の声は、二階の自室にいた維人のもとまで届いていた。叔父は海外の機関に依頼して、維人と父の親子鑑定を行《おこな》っていたのだ。それにより、維人と父の間に血縁関係がないことが証明された。

何かの間違いだ。そうに決まっている。維人の否定は、父によって覆《くつがえ》された。

『そんなことは百も承知だ！』

職場結婚した両親は、はじめは恋愛関係ではなかった。

暴力を振るう支配的な恋人から逃げられず困っていた母を助けるため、父は自分との婚約を提案した。それがきっかけとなり、二人は恋に落ちて入籍。しかしすでにそのとき、母は維人を身ごもっていた。明らかに自分の子でないとわかっていたのに、父は『構わない、墓まで持っていく。二人の秘密にしよう』と言ったそうだ。

自分の本当の父親は、東条家の品行方正《ひんこうほうせい》な御曹司ではなく、酔って女に暴力を振るうだらしのないクズだった――

自分の中に流れる血が、突然泥水に変わったみたいに思えてならなかった。

父は叔父を追い返し、何事もなかったかのように日常に戻ろうとした。

しかし、人の口に戸は立てられないとはよく言ったもので、叔父の話を耳にしていた使用人たちは、やがて腫れ物に触るように維人に接するようになった。

母も、自分の過去が再び襲ってきたとでもいうように、参った様子だった。

当時中学一年生だった由梨乃だけが、これまでと変わらない日常を送っていた。

幼い頃から喧嘩もしたことがないほど兄妹仲がよかったのに、あれ以来由梨乃に『お兄ちゃん』と呼ばれるたびに、自分が大ウソつきに思えてならなかった。

東条家の息子ではないのに、自分はここにいていいのか？

本当に、このままでいいのか？

維人の心はすり減っていった。

暗い考えに囚われた維人をどん底に突き落としたのは、唐突な叔父の昇進だった。

父は、叔父に出世を約束して金を握らせることで黙らせたのだ。公明正大を守ってきた父に、信念を曲げさせた。

きっと叔父は、これだけでは満足しない。味を占めて、いずれまた両親をゆすりにやって来るはずだ。両親は自分を守るために、どんどん泥沼に沈んでいくことになる。父が維人を守るたびに、母まで傷付いていく。あの子を産んだ自分のせいだと。何も知らない由梨乃にまで、つらい思いをさせるかもしれない。

家族でもない維人を守るために、家族が崩壊してしまう。

——消えよう。

維人の精神は限界だった。

電車からぞろぞろと人が降りてくる。

次の電車にしよう。次の電車がやってくるタイミングで、飛び込む。

やけに汗をかいていた。喉が渇いて、耳鳴りがする。自分が決めた人生のリミットが目の前に迫っていると思うと、クラリと目が回った。

脚に肘《ひじ》を置いて、視線を落としたときだった。

「大丈夫ですか？」

女の子の声が上から降ってきた。

周りの雑踏《ざっとう》の音はひどく遠く聞こえるのに、その子の声は、はっきりと維人に何かを訴えかけていた。

彼女の声に導《みちび》かれるように顔を上げると、セーラー服を着たショートカットの女の子が首を傾げている。生命力に満ち溢れた彼女の黒い瞳が、力強く維人を射抜く。逃げるように目を逸らした。

「大丈夫ですか？」

「いや、あの……ちょっと、気分が悪くて。……もう大丈夫です」

死のうとしていたと悟られるわけにはいかない。維人は顔を背《そむ》けながら、たどたどしい返事をした。口がろくに回らなかった。ひどい汗で、地面にぽつりと雫《しずく》が落ちた。

「でも、すごい汗ですけど……あっ、もしかして熱中症なんじゃ――」

「いえ……違います。平気なので、本当に」

頼むから、放っておいてくれ。

俯《うつむ》いた後頭部に、あちこちから視線を感じる気がしてならなかった。その場から逃げるように、維人は立ち上がろうとした。しかし、脚にうまく力が入らない。腿《もも》や膝《ひざ》の震えに気付かないふりをして強引に立ち上がろうとしたが、維人の腰はあっけなく椅子の上に落ちてしまった。

「無理に立ち上がらないほうがいいですよ。そうだ、これで体を冷やしてください——先生！　来てください！」

彼女は先を行っていた教師を呼び戻そうと手招きすると、斜め掛けしていたスポーツバッグを地べたに下ろして青いスポーツタオルとペットボトルを取り出した。

計画が水泡《すいほう》に帰《き》した。ようやく、飛び込むタイミングを決めたというのに。

維人は膝《ひざ》に肘《ひじ》をつき、両手で顔を覆った。

「……放っておいてくれ」

「放っておけません。熱中症だって、命に関わることもあるんですよ。だから、これで——」

「……君には、関係ないだろう。俺が、死のうが、死ぬまいが。だから、放っておいてくれ」

「そんな……そんな、悲しいこと言わないでください。知らない人でも、何かあったらわたしは悲しいですよ。それに、困っている人がいたら助けなさいって母がよく言うんです。なんだっけ、袖《そで》振り合うも……なんとかだって」

袖《そで》振り合うも他生《たしょう》の縁、だ。

頭の中で返事をした維人の手に、冷たいペットボトルが押し当てられた。顔を覆っていた手を離すと、すかさずタオルとペットボトルが押し付けられる。伏せた視界にかろうじて映り込む彼女の手は、自分よりずっと小さく細いのに、力強かった。

駆けつけた教師のスニーカーが視界の隅に映り、維人は戸惑いながらもペットボトルとタオルを受け取った。ペットボトルは中身が凍らせてあって、手の平を心地よく冷やしてくれた。タオルからは洗い立ての洗濯物の匂いがして、それはひどく懐かしい、幸せな記憶を呼び起こした。

走馬灯《そうまとう》のように、家族の顔が次々浮かんだ。

──死にたくない。心からそう思った。

みっともなく目から涙がこぼれそうになり、維人は咄嗟《とっさ》に手で額《ひたい》を覆った。やがて、駅員もやってきて、維人は駅の救護室に熱中症患者として運ばれた。

クーラーの効いた部屋に置かれた、ベンチみたいなベッドに横になっているうちに、死にたくないという気持ちはどんどん強くなっていった。

ここで死んだら、父を裏切ることになる。母を悲しませることになる。

これからどうしたらいいかはわからないが、死んでも両親を傷付けるだけで、叔父への復讐《ふくしゅう》にすらならない。衝動的に命を粗末にしてどうする。それで誰が喜んでくれる。兄がいなくなって、由梨乃が平気だとでも思ったのか。考えろ、考えるんだ。

どうやって生きていくか、考えろ。

『悲しいこと言わないでください。知らない人でも、何かあったらわたしは悲しいですよ』

彼女の声が耳の奥でこだましていた。あの子が、やり直すチャンスをくれたのだ。

一時間ほどして救護室から出ようとした維人は、助けてくれたセーラー服の女の子と、一緒にいた教師にお礼を伝えたいと駅員に願い出たが、彼らは名乗らずに去ったそうだった。

『たぶん、神奈川の中学の生徒さんと先生じゃないかなぁ』

わかったのはそれだけで、救護室を出た維人は、彼女に返しそびれたタオルを改めて見た。

由梨乃も好きなクマのキャラクターのスポーツタオル。

タオルの隅には、ひらがなで「はづき　えな」と書かれていた。

名前をネットで検索すると、中学の陸上の大会記録がヒットした。

(葉月英奈、中学三年生……高校生かと思った)

自分に声を掛けてくれた彼女は、ずいぶん大人びて見えた。三つも年下のはずなのに、母親のような包容力さえ感じた。

そんな風に思うのは、人生のどん底にいた自分を助けてくれたからだろうか？

維人は、帰宅してから両親と話をした。今後のことはまだ見えないが、互いに腹を探り合うようなぎこちなさは解消された。すべて、彼女のおかげだ。

（お礼を伝えて、タオルを返さないと）

翌週、維人は彼女が通う中学を訪れた。だが、中に入るには勇気がいる。

周囲をぐるりと歩いてみると、フェンス越しに校庭が見えた。複数の運動部が活動をしていて、その中に、校庭を周回している生徒の姿が見えた。

（いた――）

彼女だ。葉月英奈だ。

濃緑のハーフパンツに、左胸に苗字の刺繍《ししゅう》が入った白い体操着。踝《くるぶし》までの靴下と赤いラインの入った運動靴。短い髪をふわりふわりと揺らしながら、彼女は走っていた。

あのとき維人を射抜いた黒い瞳は、まっすぐ前だけを見つめている。まるで周りには何も存在しないみたいに。全部の雑音を振り切って、前に向かって進んでいく。

真冬の空から射す光のように、透明で、力強くて、輝いて見えた。

フェンス越しの維人に気付く様子もなく、彼女は目の前を予想以上のスピードで横切って行った。

結局、声はかけられなかった。

夏休みが明けても、ふとした瞬間に彼女の姿が浮かんだ。

もう一度会ってみたいと思うまでに、そう時間はかからなかった。

十一月に入ると、週末に神奈川に通うのが習慣になっていた。声を掛けるでもなく、ただ葉月英奈が走る姿をフェンス越しに見るだけ。お礼を伝えてタオルを返すなんて大義名分さえ忘れていた。

彼女はスポーツ推薦で都内の高校に進学する予定らしく、月に一回は必ずその高校へ足を運ぶ。維人を助けてくれたときも、おそらく高校に向かう途中だったのだろう。青のタオルをよく持っているが、小物はピンクや黄色が多いから、もしかしたら本当は暖かい色が好きなのかもしれない。後輩の面倒見が良くて、トレーニングも手を抜かない。誰かと一緒にいるときは、いつも楽しそうに笑っている。

その笑顔が、とびきり可愛い。

憧れに近かった感情がこじらせた片思いに変化していると気付いたのは、年末のことだった。

維人にとって、それははじめての恋だった。

幼い頃から、維人ははっきり言ってモテた。東条家令息のステータスと母親似の容姿は、プログラミングが趣味で無口、おまけにシスコンという維人のマイナス要素すらことごとくプラスに作用させた。だが、維人は自分でも少しおかしいのではないかと疑いたくなるほど、女子に興味がなかった。

葉月英奈以外には。

彼女を遠くから見ているだけでよかったのに、次第に話したい、仲良くなりたいという欲が出てきた。

だが当時純情な高校生だった維人は、自分の気持ちに気付いても、なかなか声を掛けられずにいた。相手が自分より妹に近い歳だというのも、思春期の男子にとっては複雑な事情のひとつだった。この年頃の三歳は大きい。

……それに、出会いがかっこ悪すぎる。

そうこうしているうちに、彼女は都内の私立高校に、維人は大学に進学した。

大学生になった維人は、彼女の登下校時や、出場する可能性のある大会、下校途中に友人と立ち寄るファストフードの店内で、どうにか彼女と知り合いになるきっかけを掴めないかと模索《もさく》した。

自分のしている行為が付きまといに該当する自覚はあったが、どうしても諦《あきら》めきれない。彼女以外の誰かを好きになれる想像すらできなかった。

だが、募《つの》る想いをよそに、きっかけはいっこうに掴めない。人ごみに紛れ気配を消すスキルだけが異常に上がってゆき、彼女と同じ電車に乗り込んだはいいが、声を掛けようとそばを通ってみたものの結局勇気が出なくて隣の車両から見守るだけ……なんて日が続いた。

彼女をずっと見てきた維人は、葉月英奈の内面にも気付いていた。

彼女は、ふと寂しそうな顔をする。それも決まって一人のときだ。

きっと誰かといるときは、弱い自分を見せないようにしているんだろう。

何が彼女にそんな悲しそうな顔をさせるのか、そのときの維人にはわからなかった。漠然《ばくぜん》と、彼女の家に母親がいないらしいことに関係あるのかと考えたが、ただのストーカー大学生に真相がわかるはずもない。何もできない自分を歯がゆく思った。

つらいことがあるなら、いくらでも話くらい聞くのに。

頑張り屋な彼女の性格はわかっている。うまく気持ちを吐き出せずにいるなら、そのぶんまで自分が先回りして甘やかしてあげたい。彼女が寂しいときは、ずっとそばにいたい。

だが、たかが大学生の自分に何ができる？

今の自分は、両親に叔父から守ってもらっている身分じゃないか。

まずは、家族を守れる人間にならなければ。今の状態で彼女と関わったら、彼女にも迷惑をかけるおそれがある。

全部、片付けてからだ――

そんな頃、同じ大学に通う三葉新太郎に出会った。

『へぇー。ＡＩって面白いんだね。ねぇ維人君、これビジネスにしてみない？』

新太郎の提案で起業し、会社は瞬《また》く間に急成長した。葉月英奈を観察する余裕もないほどに多忙な日々。数ヵ月に一度、高校を覗きに行くのがせいぜいだった。

だがこの仕事があれば、「独立する」という建前で、東条家から離れられる――

そう思いはじめた、大学二年の終わりのこと。

維人の秘密は、叔父の息子により暴露《ばくろ》された。

叔父一家は、スキャンダルを暴露《ばくろ》して維人に会社を継がせないよう先手を打ったつもりでいたらしい。しかし、身内のデリケートな話題を洩らした叔父一家への風当たりは強く、父も今度こそ容赦《ようしゃ》しなかった。維人も黙っていなかった。

叔父一家は会社にいられなくなり、一族から弾《はじ》き出された。

長い悪夢から覚めたようにすっきりした。

維人は東条家を出て、会社を売却した。どちらもちょうどいい時期だった。維人が家にいては噂は下火にならないし、会社にはこれ以上ないほど条件のいい買収のオファーが来ていた。

すべてが片付くと、これまで吹いていた追い風がピタリと凪《な》いだような虚無に襲われた。維人は、次に自分がなにをすべきか見失っていた。

そうだ、彼女に会いに行こう。

彼女に関わっても、もう迷惑をかける心配はない。

母校でもないのに通いなれた通学路。五月下旬のいい天気。維人は彼女が通う高校の裏門前のガードレールに腰掛けていた。彼女はいつも、この裏門から下校する。待っていれば、鉢合わせするはずだ。

夕方になり、彼女は出てきた。その隣には、男子高校生がいた。仲の良い様子だった。相手の男子は、サッカー部所属の新浪健吾。SNSや出身校、家まで調べた。

二人は昨年末――高校二年のクリスマスから交際をはじめたらしい。

ショックだった。彼女が誰かと付き合いはじめた現実を受け入れたくないとさえ思った。しかし、それより衝撃だったのは、彼女が陸上をやめてしまっていたことだった。

彼女に何があった？　陸上をやめるなんて、ただごとではない。きっと、何かあったのだ。

彼女がつらいときそばにいたのは、自分ではない。悔しいという気持ちと同時に、維人にもようやく現実が見えた。

ストーカーの自分と、同級生の新浪健吾。どちらが彼女を支えるに相応《ふさわ》しいか、考えるまでもない。

維人はようやく失恋を認めた。

彼女のことは、忘れよう。

だが、忘れられなかった。友人たちのように青春を謳歌《おうか》しようとしたが、大学生らしい生活には結局なじめず、失恋から一年経っても彼女への想いをひきずっていた。

そんな頃、新太郎からもう一度起業してみないかと誘われて、維人の時間はようやく進みだした。慌ただしい日々の中で、維人はたびたび彼女のことを思い出した。

彼女以上に好きになれる相手には、巡り合えそうもなかった。

そして、十年以上経ったクリスマスイブ。

『――予約した、葉月英奈です』

聞き違いかと思ったが、顔を上げてみると彼女がいた。

髪が伸びた。化粧のせいか、少し印象が違った。だが、間違いない。自分を見つめ返す力強い黒い瞳――葉月英奈だ。止まっていた時が動き出したように感じた。

けれども、約十年だ。好きな女の子に声を掛けられずにいた自分が変わったように、彼女も変わったかもしれない。その場を人違いでやり過ごし、改めて話しかけた。

彼女は変わっていなかった。心優しくて、可愛い葉月英奈のままだった。

笑顔が眩《まぶ》しくて、その裏に傷付いた心を隠しているのが健気《けなげ》で愛おしくて、恥ずかしそうに頬を染める顔は、維人がはじめて見る表情で――

あの頃自分よりずっと前を走っていた彼女に、やっと追いついた気がした。

「やっと捕まえた」

腕の中で眠る英奈を見下ろして、維人はぽつりと呟いた。

逃げ出した彼女を探すうちにストーカーの本質が暴走してしまったが、彼女を傷付けたり、怖がらせるつもりはなかった。ただどうしようもないくらい好きなだけだ。

布団を引き上げて、小さく上下する肩にそっとかけてやる。

無防備に眠っているように見えるが、寝顔にはどこか不安そうな影が残っている気がする。そんな彼女を見ているだけで、維人の心は痛んだ。

(葉月さん……)

滑らかな頬にかかる髪を指でそっと払うと、彼女の長い睫毛《まつげ》が揺れた。黒い瞳がぼんやりと維人を見上げ、安心したようにまた瞼《まぶた》が閉ざされる。その仕草はあどけなく、彼女への愛情や庇護《ひご》欲《よく》がまた湧きあがってくる。

彼女を守りたい、誰よりそばにいたいと願う気持ちは、強くなっていくばかりだ。

あのとき英奈が維人を助けてくれたように、今度は自分が彼女を支えていきたい。

彼女のストーカーは、自分だけでいい。

(誰のしわざか、絶対に突き止めてやる)

英奈を怯《おび》えさせる正体不明のストーカーに、維人は心の中で宣戦布告した。

13

かすかな生活音で、英奈はゆっくり目を開けた。

カーテンの隙間から射す陽光に照らされた見慣れない家具たち……そうだ、ここは維人の部屋だ。

昨夜、ベッドに彼と一緒に横になって、そのまま眠ってしまった。

あのあと維人は、宣言どおりにソファで眠ったのだろうか？

（だとしたら申し訳ない……一度も起きないくらい熟睡してたし）

彼と一緒のベッドはさすがに恥ずかしい……と思ったけれど、平気だった気がする。

維人の体温に安心して眠って、朝までぐっすりだったのだから。

英奈はくしゃりと乱れた髪を手櫛で整えてから、寝室を出た。

廊下の先のリビングダイニングからは、ほろ苦いコーヒーの香りが漂ってきていた。

英奈がドアを開けると、四人掛けのダイニングテーブルについていた維人と目が合った。

目に優しいベージュを基調としたインテリアは、モデルルームみたいにオシャレだ。

そんな中で、オフの日っぽいカットソーにパンツを合わせた維人がコーヒーを飲む姿は、実に絵になる。

「おはようございます」

彼はふわりと微笑んで、操作していたスマホをテーブルに置いて立ち上がった。

「よく眠れましたか？　葉月さんも、コーヒー飲みませんか？」

「はい、あの……いただきます」

維人は、広々としたアイランドキッチンに向かい、淹《い》れたてのコーヒーを英奈にも用意してくれた。いつ手配したのか、クロワッサンのサンドイッチまで出てきて恐縮してしまう。

「何から何まですみません」

「俺がしたくてやってることですから。葉月さんはしっかり食べて、ゆっくりしてください」

レタスとハム、それからたまごのクロワッサンサンドを、英奈はありがたくいただいた。

そういえば、去年のクリスマスイブにも、こんなふうに彼とサンドイッチを食べていたっけ。

（いつも心配して、優しくしてくれる）

穏やかな表情でコーヒーを飲んでいる維人への、感謝の気持ちが心の中に積もっていく。

どうして、彼はここまで優しくしてくれるんだろう。

（そうだ……。昨日は帰ったら話があると言われていたのに。それどころじゃなかったな）

チクリと、棘《とげ》が刺さったみたいに胸の奥が痛んだ。

維人が英奈を大切にしてくれる理由。それは知りたい。

だけど、今はストーカーのことだけでいっぱいいっぱいで、ほかのことまで考える余裕がない。

彼はどうするつもりだろうと考えながら、サンドイッチの最後の一口を呑み込むと、タイミングを見計らっていたみたいに維人がカップを置いた。

「葉月さん。昨日、帰ったら話すと言ってた件なんですが、日を改めても構いませんか？　今は葉月さんもそれどころじゃないでしょうし、俺も無理はさせたくないので、ゆっくりいきましょう」

「いいんですか……？　だけど、大事な話だったんじゃ……」

「大事な話ですけど、その話を聞いてくれる葉月さんが、何より大事です」

長い睫毛《まつげ》が影を落とす彼の瞳は、暖かい色をしていた。

優しい目を向けられると、心を直接撫でられたみたいに、気持ちがどんどん落ち着いていく。

「葉月さんのお父さんに認めていただいて、俺もやっと余裕が出てきたみたいです。聞いてもいい気分になったら、教えてください」

維人は、表情を緩めて冗談っぽい口調で言ったけれど、英奈を気遣ってくれているのだ。

「守谷さん……ありがとうございます」

いつも気持ちを察して、甘えさせてくれる。

だから英奈も素直になれる。

「そうだ――葉月さん、お昼になったら、買い物に行きませんか？　着替えとか、布団とか。マンションには、取りに帰らないほうがいいと思うんです。うちには使ってない部屋がひとつあるので、そこを葉月さんの部屋として使ってください」

彼はあたりまえみたいに言ってくれるけれど……本当にお世話になっていいのだろうか？

「お父さんにも、葉月さんを誰より大切にすると約束しました。俺に葉月さんを守らせてください」

一人娘がストーカー被害に遭っているなんて知ったら、父は心配するだろう。できれば知らせたくない。維人がそばで守ってくれているから知らせなかったという理由なら、父も納得してくれるはず。

それに……好きな人にこんなふうに言われたら、突っぱねるなんて無理だ。

「……よろしくお願いします」

テーブルに額《ひたい》がつきそうな角度でお辞儀《じぎ》をした英奈が顔を上げると、維人のほうが安心した顔をしていた。

お昼過ぎに維人のマンションを出て訪れたショッピングモールは、連休ど真ん中だからなのか、どのお店も大混雑していた。

「すみません。こんなに買ってもらう予定じゃなかったのに」

いくつかお店をまわって大きな紙袋を持っている維人に、英奈は恐縮しきりだ。

「調理器具がなかったから、ちょうどよかったんですよ」

居候させてもらうのだから何かしたいと、英奈は食事担当を願い出た。

維人は喜んでくれたけれど、彼の家には、最新型のオーブンレンジやコーヒーメーカーなんかの家電製品は揃っているのに、フライパンやお鍋などの調理器具はまったくなかった。

どうせ必要だからと買い揃えることになったのだけれど……

(こんなにあれこれ買うなんて思ってなかった……)

まとめて買うとそれなりのお値段になり、ヒヤッとする。元を取るのに、どれだけお料理したらいいんだろう?

それに、維人が英奈に買い与えたのは調理器具だけではない。会社に着て行く洋服や靴、バスタオルやパジャマ類……どれもこれも、単体で高価なものではないけれど、やっぱり申し訳ない。だけど、彼は英奈に財布を出す暇さえ与えてくれない。

これでは彼に貢《みつ》がせているみたいで、罪悪感に心がぺしゃんこになりそうだ。

「あとは、寝具類ですね。ベッドは専門店に行きましょうか」

「守谷さん、もう十分ですっ！　わたしがソファで寝るのがダメなら、ベッドは広いし、一緒に使わせてもらえたら……！」

英奈のやけっぱちの提案に、維人は足を止めてフッと笑った。

「本当に？」

ちょっと意地悪な視線に、カーッと頬が熱くなってくる。

すごく恥ずかしい発言をしてしまったと後悔した英奈は、小刻みに首を横に振った。

「…………あの、違います」

そんな英奈を見て、維人はいつものようにすーっと目を細めて、再び歩きだした。

（今のなに？　どういう意味？）

無言だったのがよけいにドキドキさせられて、英奈はしばらく彼と目が合わせられなかった。

外にいる間や、料理を作っているとき。彼と他愛ない話をしたり、いい香りの入浴剤を入れたバスタイムを楽しんだりして寛いでいるときは、ストーカーのことを忘れられた。

同じベッドに入るのは緊張するけれど、大人な彼はベタベタと英奈に触れたりしない。

それどころか、性的な行為をにおわせることすらしない。

誠実な彼に、どんどん惹かれていくのを感じた。

すぐそばにある甘やかなダークブラウンの瞳に毎夜胸が高鳴るけれど、彼のぬくもりをそばに感じて眠りに落ちるのが、今の英奈には十分すぎる幸せだった。

14

連休明けのお昼前。

社内会議の日程が一斉メールで知らされて、英奈は自分のデスクでこめかみを押さえた。

「再来週《さらいしゅう》の金曜って……」

会議当日には試作品が手元に到着している予定だけれど、納期が一日でも遅れたら、会議に間に合わないギリギリのスケジュールだ。

「絶対っ、あのセクハラオヤジが裏で糸引いてるんですよ」

西はパソコンのモニターに隠れるようにして、ぎりりと歯噛みしている。

英奈もそれには同意見だ。

だって、今日の多比良は朝からものすごく上機嫌で、英奈に『プレゼン楽しみにしてるね』と声を掛けてきたのだ。

きっと多比良は、どちらかを狙っているのだろう。

準備不足で、英奈がプレゼンで失敗するか、準備期間が短すぎると次の機会へ持ち越して、企画自体が流れてしまうか。

その次の社内会議は三ヵ月後の予定だ。ずっとこの案件だけを温めているわけにもいかないし、競合他社から差別化できないような類似品が発表されたあとでは、社内会議は突破できない。

「葉月、どうする？　次に回してもいいけどな」

デスク越しに、通りがかった碇が難しい顔で尋ねてくる。

「次には持ち越せません。この会議で出します」

英奈はきっぱりと答えた。

プレゼン資料は部内会議で使ったものを使いまわせるし、問題は試作品だけ。

多比良の思うつぼかもしれないけれど、次に持ち越したら、そのぶん別の罠《わな》を仕掛ける時間を与えてしまう気がした。

英奈の判断に、碇は理解を示して頷き、隣のデスクの西はフンッと荒い息を吐きだした。

「葉月さん、どんな仕事でも、じゃんじゃん振ってください。わたし頑張りますから」

西は、やる気になっているというよりも、責任を感じているみたいだった。だけど、これは彼女のせいじゃない。多比良の公私混同がまかり通っているのがおかしいのだ。

「頼りにしてるね。よろしくお願いします」

自分のためにも、西のためにも、全力でやりきりたい。

こうして、慌ただしく月曜日がはじまった。

目が回りそうなスピードで仕事をこなしていたからか、十七時をまわった頃には、英奈の頭はパンクしそうになっていた。

集中力を取り戻すためにも休憩を取ることにして、英奈は休憩室に向かった。自動販売機で紙パックのココアを購入し、いつものようにカウンター席に座る。甘いココアを飲みながらスマホを確認すると、着信が十五件も入っていた。全部、健吾からだ。

（何の用……？）

十五回も電話してきておいて、メッセージは送られていない。

だが、留守番電話には伝言が二件残されている。

嫌な予感がしたけれど、無視もできずに再生してみる。

『お前、いい加減にしろよ！　フラれた腹いせか!?　とんでもないことしてくれやがって……俺の人生ぶっ壊してんじゃねーぞ！　覚えとけよ！』

荒っぽい言葉と怒声に、英奈の表情は険《けわ》しくなる。

健吾には連絡もしていないのに、フラれた腹いせとは、どういうことだろう？

『おい、これ聞いたら連絡してこいよ。でないと、お前の会社に今回のこと全部バラすからな』

一件目より落ち着いた調子だったけれど、健吾の声には怒りが滲《にじ》んでいる。

健吾が何を勘違いしているのかは知らないけれど、彼の中で英奈が悪者になっているのは確かだ。

（どうしよう……連絡したくないけど……）

健吾は英奈の勤務先を当然知っているし、頭に血が上《のぼ》ると後先考えられなくなるところがある。ただでさえ多比良に睨まれてピンチなのに、健吾の勘違いなんかで状況を悪化させたくない。

このタイミングで英奈が問題を起こせば、多比良は鬼の首を取ったように騒ぎ立てるだろう。

二件目の留守電が残されたのは、つい三十分前のことだ。

今連絡すれば、健吾が馬鹿な行動を起こす前に止められるかもしれない。

ふとストーカーの件が頭に浮かんだけれど、健吾は隠れてコソコソ行動できるようなタイプではないし、そんな忍耐もない。それに、英奈に執着もしていない。言いたいことがあったら、こうして連絡してくる。だから、ストーカーが健吾だとは考えられない。

英奈は今日一番大きなため息をついてから、健吾の番号に折り返した。待ちかねていたように、ワンコール目で彼は電話に出た。

『遅いんだよ！』

スマホ越しの不機嫌な怒鳴り声。思わず受話音量を下げた。

『お前だろ⁉　学校に、俺が生徒に手を出してるなんてでっち上げのタレコミしたのは！』

健吾は高校教師だ。

生徒に手を出すって……そんな噂が立ったら、混乱するのも無理はない。

「わたしは知らないけど」

『嘘つくなよ！　おかげで俺は停職くらってんだぞ！　お前のせいで！』

決めつけられても、英奈にはまったく心当たりがない。

ほかの誰かに恨みを買っているのではと言い返したいが、火に油を注《そそ》いだってしかたがない。

「本当に何も知らない。わたしじゃないよ、それ」

『俺がフッたからか？　だからこんなことして、嫌がらせしてるんだろ⁉』

「そんなことするわけないでしょ……」

『だったらこの髪は誰のだよ！　髪の毛入りの封筒なんてポストに入れやがって――長い黒髪、お前のだろ！　名前も書かずに、気持ち悪いんだよ！』

髪の毛の入った封筒――封筒？

ゾワリと総毛立った。

「……それって、白い封筒？　横型で、真っ白で――」

『そうだよ！　お前が入れたんだろ!?』

英奈は首を横に振りながら、無意識に立ち上がっていた。

「それ、わたしに届いてたのと同じかもしれない」

なんの話だと健吾が喚《わめ》いていたけれど、英奈だってどういうことかわからない。

間違いないのは、ストーカーが、英奈と健吾の二人に何かを伝えようとしていることだけだ。

◆　◇　◆

仕事を終えた英奈は、足早に駅前のファミレスに駆け込んだ。

焦げ茶色のエプロンをつけた、大学生っぽい店員が「一名様ですか？」と尋ねてきたので、英奈は「連れが……」と店内を見回す。

十九時すぎの店内は、ほとんど席が埋まっていて、BGMが遠く感じるくらい賑《にぎ》やかだ。

その中の窓側に、健吾はいた。座席の背もたれにどっかり身を預け、スマホをいじっている。Tシャツにデニムというラフな格好で、生やしっぱなしの無精ひげのせいか、憔悴《しょうすい》しているように見えた。

「知り合いが先に来てるので」

店員に伝えて、英奈は健吾の向かいに座った。

顔も上げなかった健吾は、英奈がコーヒーを注文するとようやくスマホをテーブルに置いた。

「おせーよ。何時間待たせる気だ」

「仕事だったんだからしょうがないでしょ。急に今からって言われても困るよ」

「ハッ、また仕事かよ」

健吾は馬鹿にしたように鼻を鳴らす。付き合っていたときと、まったく同じやり取りだ。

(だから会いたくなかったのに……)

テーブルの下で、英奈はぎゅっと拳を握り締める。

ストーカー疑惑を持たれてしまった英奈は健吾に、自分の元にも同じような封筒が届いていると伝えた。

すると彼は、『お前じゃないなら誰のしわざだよ！』と喚《わめ》きたてて、英奈にこう言ったのだ。

『お前が犯人じゃないなら、俺たちは同じストーカーに狙われてるってことだよな？　とりあえず、俺に届いた封筒が同じものか確認してほしい。お前だって犯人を捕まえたいだろ？　今はこの封筒が手掛かりなんだから、協力しろよ。言っとくけど、お前が駄々こねるなら職場に行くからな』

頭に血が上《のぼ》った健吾ならやりかねないと思った英奈は、先々の騒動より今の面倒を選んだ。けれども、早くもこの状況を後悔しはじめている。

（やっぱり、守谷さんに相談するべきだったかな）

維人には、健吾から連絡があったことを知らせていない。

相談したら、優しい維人は英奈の代わりに対処してくれたかもしれない。

だけど、ストーカー被害だけでもたくさん迷惑も心配もかけたのに、元カレとのゴタゴタにまで巻き込みたくない。さすがにそれは甘えすぎというものだ。

（これくらい、自分でなんとかしなくちゃ。健吾に振り回されるのは、これが最後）

一刻も早く、用件を済ませて帰りたい。

「それで、封筒は？」

「これだよ。本当にお前じゃないんだよな？」

「そんなことするわけないよ」

健吾になんて興味はないのに――と言外《げんがい》に感情を込めて、彼がテーブルに置いた封筒を確かめる。

それは、英奈に届いたものとまったく同じに見えた。

「わたしに届いてたのと同じだと思う。これに……髪の毛が入ってたの？」

「そうだよ。お前が髪切ったなんて知らないしさ、絶対英奈だと思ったんだ。違うなら、いったい誰だよ。気持ち悪いマネしやがって」

健吾が床を蹴り、コップの水が揺れた。

彼は昔からこうだ。直情的で、感情の制御《せいぎょ》が苦手。

学生時代は、その欠点は「空気が少し読めない体育会系熱血キャラ」として周囲に受け入れられていた。母を亡くして、陸上を辞めた英奈は、そんな健吾に癒された。だからいつまでも健吾との絆を信じて、こうして感情をあらわにできるのも関係の親密さからくる甘えだと思っていた。だけど、そうじゃない。健吾は、大人になりきれていないのだ。

今はそれを、すごく冷めた目で見ている自分がいる。

コーヒーが運ばれてくると、彼はため息をつきながら封筒をボディバッグにしまった。

英奈はコーヒーに砂糖とミルクを入れて、ぐるぐる混ぜながら彼に尋ねる。

「犯人に心当たりはないの？　わたしの封筒は空《から》だったよ」

「ないって」

反抗期の高校生みたいな返事に、英奈は眉を下げた。これでは話にならない。

健吾はイラついた様子で、乱暴に頭を掻きむしる。

「俺をハメたい奴がいるんだよ。密告も封筒も、そいつのしわざに決まってる」

「高校への通報も、同じ人だと思ってるの？」

「それ以外になくないか？　それともお前は、俺が複数人から恨まれるような人間だって言いたいのかよ」

「そこまでは言ってないけど……」

だけどなんだか、腑《ふ》に落ちないというか。

(それに停職処分って……ただの言いがかりで、そこまで重い処分が下《くだ》るものなのかな)

九年交際した相手を疑いたくはないけれど、本当に無実なんだろうか？

(深入りしないほうがいいかも)

英奈はコーヒーを半分ほど飲んで、バッグから財布を取り出すと千円札をテーブルに置いた。

「あとは警察に相談して」

「おい、話は終わってないだろ。犯人捜しはこれからなんだ。協力しろよな」

「電話でも言ったけど、それは警察に任せたほうがいいと思う。わたしが相談しに行ったときも、犯人を刺激しないようにって忠告されたから、下手に動かないほうがいいよ」

「警察がなにしてくれるって言うんだよ。こんな封筒が届いただけじゃ、脅迫にもならない。逮捕できない犯人を、警察が追ってくれるわけないじゃないか」

「でも……髪の毛が入れられてるなんて普通じゃないし、警察も動いてくれるかもしれないよ。それに、自分で捕まえようなんてどうかしてる。ストーカーが誰か、どうやって調べる気なの？　探偵でも雇うほうが現実的だよ」

英奈だってつきまとい行為はやめてほしいと願っているけれど、下手に動いて相手を刺激したくない。素人《しろうと》の自分たちにできることなんてないと諭そうとした英奈に、彼は派手に舌打ちした。

「チッ……相変わらず可愛くないな、お前」

健吾のことなんてなんとも思っていなくても、その言葉はやっぱり英奈をひどく傷付ける。

九年分の重みが、その言葉にはあるからだ。

やっとできはじめたカサブタを乱暴にはがされたように胸の奥がヒリヒリ痛んだけれど、唇を噛みしめて痛みに耐えながら、英奈は静かに席を立った。

「この件は仕方ないけど、それ以外では、もう連絡しないで」

自分をギロリと見上げる健吾を残して、英奈は足早に店を出た。

会うべきじゃなかったと、後悔が残るばかりだった。

15

オフィスのデスクに、維人はプリントアウトした写真をぽんと投げた。

散らかした調査書類の数々を眺めながら、維人はきつく眉根を寄せた。

(どうするか……)

額《ひたい》を押さえて巡らせた思考は、ノックの音に遮《さえぎ》られた。ドアから、新太郎が顔を覗かせる。

「コーヒー飲む？　ひとつ余ってるんだけど」

「もらうよ」

新太郎が納期前にコーヒーや軽食を社員に差し入れるのはよくあることで、時々こうして余ったものが維人に回ってくる。

維人のオフィスに入ってきた彼は、大手チェーン店のロゴが入った紙袋を差し出した。

「駅前まで行ってきたのか」

この店は、このあたりでは駅前にしかない。

飲み屋やファストフード店のひしめくあのあたりは、一日中人が多くて維人は立ち寄らないが、新太郎はよく足を運んでいるようだ。

「ここのが一番美味しいからさ。今買ってきたところだから、まだ温かいと思うよ」

「ありがとう」

「そうだ。今週末のパーティー忘れてないよね？　維人君も行くんだよ。俺たち二人とも招待されてるんだから、実家がらみでＮＧはナシだからさ」

維人が「大丈夫、行くよ」と返事をすると、新太郎はデスクの上に目を落として首を傾げた。

「この資料なに？　ていうか、この写真は？　いかにも隠し撮りっぽいけど……」

「ストーカーの件を調べてる。マンションの管理会社が門倉《かどくら》さんのところの関連会社だったから、防犯カメラ映像を一部送ってもらっただけで、盗撮じゃない」

最大限に伝手《つて》を利用しただけで、犯罪行為ではない。

彼女を守るためなら、使えるものは何でも使う。

ただ、こうしてストーカーを排除しようと動いている維人の過去を知ったとき、彼女がどう反応するか不安ではある。

筋金入りのストーカーは、自分のほうだ。

会話らしい会話もしていないのに、一方的な想いで何年も彼女を観察していたなんて、一夜を過ごした相手が追いかけてくるのとはわけが違う。

ストーカーという存在自体に嫌悪感を抱いているであろう今の英奈が、自分の過去をどう見るか……よくない想像ばかりが浮かぶ。

「ふーん……で、これがストーカー？」

「たぶんな。葉月さんの元恋人、新浪健吾の関係者だ」

維人は、散乱した書類の一枚にプリントされた新浪健吾の顔写真を指先で突いた。

個人的な恨みを込めて。

表情をひきつらせていた新太郎の視線が、維人の指先の写真の上でピタリと止まる。

「……これって、葉月英奈には知らせたの？」

「できれば、知らせたくない。新浪健吾に会いに行こうか考えてる」

「やめなよ。なんで維人君がそこまでするの？」

「するだろう。放っておけって言うのか？　新太郎らしくない」

人懐っこく、付き合いがいいのが三葉新太郎という男だ。ビジネスマンとしては非常に有能で冷静なあまりドライな部分もあるが、プライベートではこどものような一面を見せる、優しい人間だ。

それが、今の新太郎はどうだ。

困ったように眉尻を下げつつも、凍てつきそうに冷たい目をしている。

「俺はさ、維人君が葉月英奈にどれだけ執着してるか大学時代から知ってるし、応援したいと思ってるよ。だけど、その関係って、イーブンなのかな」

「どういう意味だ」

「……献身的な愛は綺麗だけど、いつか維人君が疲れて壊れちゃうんじゃないかって、俺は心配だよ」

部屋から出て行った新太郎の真意を探すように、維人はデスクの上に広げられた書類に目をやった。調査書類の新浪健吾の顔写真が、じっと維人を見つめていた。

16

午前中に工場に顔を出していた英奈は、なんとか昼過ぎに会社の最寄り駅に戻ってこられた。

今日は水曜日だ。まだプレゼンまで一週間と二日ある。

ギリギリだけど、この調子なら試作品も間に合うはず。これで、午後からは安心してプレゼンの準備に専念できそうだ。

昨日も今日も健吾からの連絡はないし、多比良からの嫌がらせもない。

嵐の前の静けさのようで少し落ち着かないけれど……今は目の前の仕事に集中しなければ。

英奈は急ぎ足で、会社に向かって大通りを歩いていた。

遅めのランチを終えた会社員と、これから午後の外回りに出て行く営業マンが行き交う流れに乗って進んでいると、ちょうど維人の会社が入っているビルの前に黒い高級車が止まったのが見えた。

車から降りてきた運転手がぐるりと後部座席に回り込み、恭《うやうや》しくドアを開けた。

オフィス街でも、めったに見かけない光景だ。

（どこかの社長さんの専用車かな？）

予想に反して、車から出てきたのはまだ若い女の人だった。

光沢のある黒いスーツのスカートから、すらりとした白い脚が伸びている。

有名な海外ブランドの真っ赤なバッグと、同じ色の口紅。

風に靡《なび》くまっすぐな長い黒髪。

遠目にもわかるくらい華やかな顔立ちをしていて、英奈以外の人も彼女に視線を奪われていた。

気の強い女社長風の見た目の彼女は周囲の視線など気に留めたふうもなく、目の前のビルに歩きだそうとして、運転手に呼び止められて振り返った。

車内に忘れられていたらしい、このあたりでは見かけない鮮烈な赤と黒の地に、金色のロゴが入った大きな紙袋を運転手が手渡す。

紙袋を受け取った彼女は、自分の忘れっぽさに照れたように、ふわりと笑った。

その笑顔は女性的な愛らしさに満ちていて、一気に彼女のまとう雰囲気がやわらいだ。

(うわぁ、すごく綺麗な人……)

華やかで、上品で。

昨年末まで自分も彼女と同じような髪型だったのに、記憶の中の自分と彼女は、全然違う。

物が違うってことなんだろう。

清々《すがすが》しいくらい圧倒的な差に苦笑した英奈の視界を横切った彼女は、印象的な紙袋を揺らしながら、維人の会社が入っているビルに消えていった。

長い一日を終えて、維人の車でマンションに戻ってきた英奈は、いつもと同じように彼と話しながらシートベルトを外した。

「お祝いだなんて、気が早いです。企画、通らないかもしれないのに――」

「それなら、うまくいったら、食事に行きましょう」

企画内容は維人に言えないけれど、来週の金曜に大事な会議があり、その準備でしばらくこの時間まで毎日残業になりそうだと話したのだ。

英奈を応援してくれている維人は、すっかりお祝いする気でいるけれど、企画が通らなかったらそうめんだって喉を通らない。

けれど、英奈を信じていい結果が出る未来の話をしてくれる維人の気持ちは嬉しい。

「うまくいったら、ですね」

車を降りた英奈は、助手席のドアを閉める間際に、後部座席に紙袋が乗せられていることに気が付いた。

赤と黒の地に、金色のロゴが入った印象的なデザイン。

それは、今日見た、あの黒髪の女性が持っていたものと同じものだ。

袋の中からは、ハンガーと黒い布地がちらりと覗いている。

形状からして、おそらく黒のカバーに包まれたスーツ――彼女は、これを、維人に届けに来た？

（え……なんで……？）

ただの偶然だなんて思えなかった。

目の前を、まっすぐな黒髪の影が横切っていく。

『失礼。知り合いとよく似ていたので、つい』

顔は似ていないのに、なぜか印象が重なる人はいる。

髪型が同じだとか、声が似ているとか。

あの日、維人が見ていたのは、自分ではなく彼女だったのだろう。

いったい、維人と彼女はどういう関係なんだろう。

スーツを届けたのが彼女だとしたら……すごく、親密な仲だったりしたのだろうか。

ギューッと胸が苦しくなって、英奈は紙袋からそっと目を逸らした。

気付いてはいけないことに気付いてしまったのかもしれないと後悔しても、記憶からは、彼女の姿がいつまでも消えてくれなかった。

17

キッチンの時計を確認すると、十九時二十分。

寝室で着替えている維人が見えるはずもないのに、英奈はアイランドキッチンから亀のように首を伸ばして、廊下に続くドアを窺《うかが》った。

（パーティーは二十時からって言ってたけど、間に合うのかな……）

維人から、金曜は夜に仕事関係のパーティーがあると事前に聞いていた英奈は、今日は一人で帰るつもりだった。けれど、朝になって彼が『着替えてから行きたいので、今日も家まで送ります』と言いだして、結局いつもと変わらず一緒に部屋に戻ってきたのだ。

（たぶん、心配して家まで送ってくれたんだよね。着替えたいだけなら、朝シャツを持って出ればいいだけだし……）

あの紙袋を見た水曜から、維人のことを考えるだけで胸が痛む。

彼は相変わらず優しいけれど、その優しさは本来自分に向けられるべきものではない気がしてしまって、申し訳なさばかりが心に積もっていく。

維人が英奈を、あの女の人に重ねているだけだとは思っていないけれど……どうしても、気になってしまう。

そんなに気になるなら、あの女の人は誰なのか、どういう関係なのか、維人に訊いてしまえばいいとわかっているけれど、今はそんな勇気が出ない。

ストーカーのこと。

仕事のこと。

そこに恋愛のことまで加わるなんて、自分の処理能力では対応しきれないと思うから。

「はぁ……」

久しぶりに自分のためだけの手抜きご飯の準備で、ぼんやりネギを刻んでいた英奈は、カウンターの上でブーッと振動したスマホにビックリして、発信者も確認せずに出てしまった。

『何回電話させるんだよ！』

音割れするほど大きな声に、思わずスマホを耳から離す。

慌てて受話音量を下げながら、自分の不注意を反省する。

また健吾だ。

今日は朝から、何度か着信が入っていたのだ。

メッセージも留守電も残さないから、重要な話じゃないと思って無視していたのだけれど……

(出ちゃったよ……もう。用があるならメッセージにしてくれたらいいのに)

だけど、ここで電話を切ったら健吾を逆上させてしまう。

英奈は維人に聞こえてしまわないよう廊下を窺《うかが》いながら、低い返事を返した。

「今忙しいから、あとにしてもらえない？」

『今どこだよ！』

「本当に忙しいから――」

『今どこだって訊いてんだよ!!』

ビリビリと鼓膜が痺《しび》れるくらいの大声に、思わず肩が跳ねる。いつもより荒っぽい怒り方だ。

「い、家だけど」

『嘘つくなよ！　俺は今、お前の部屋の前にいるんだ!!』

スマホの向こうから、インターホンを連打する音が聞こえてくる。

ざわりと背筋に冷たいものが走った。

『いるなら開けろよ!!』

電話の向こうから叫ぶような健吾の声が聞こえてくる。

健吾には、部屋の鍵は渡していない。彼が自分の部屋の鍵を渡したがらなかったから、英奈も渡さなかったのだ。オートロックは誰かと一緒にすり抜けたのだろうけれど——どうして部屋に？

それに、ここまで攻撃的な健吾ははじめてだ。

電話越しの怒鳴り声に頭の中が真っ白になって、彼の勢いに呑まれてしまいそうになる。

だけど、このままでは近所迷惑どころか、通報されかねない。

(わたしが落ち着かないと)

英奈は、維人に声が聞こえてしまわないようにリビングに背を向ける。

口元に手をかざし、声を抑えながら彼を宥《なだ》めようとした。

「大声出さないでよ。話を聞くから——」

『何回も言わせるなよ!!　どこだって訊いてるだろ!!』

会社だなんて嘘はつけない。今の健吾なら、「だったら会社に行ってやる」と言いかねない。

「……………友達の家だけど」

彼氏の家だと言わなかったのは、健吾に突っ込まれるのが面倒だからだ。今の健吾に、プライベートなんて教えたくない。

『最初から正直に答えてろよ！　こっちは、またあの気持ち悪い封筒が届いて参ってるんだよ！』

「わたしに言われても困るんだけど……警察に相談は――」

『いいから聞けって！　今度は、封筒に写真が入ってたんだよ。この間、お前とファミレスで会ってたときのだ。俺と英奈が映ってる写真。撮られてたんだよ！　そんで、その写真の俺の上に、赤いバツ印がつけられてるんだ！　これが冷静でいられるか！』

「えっ――」

あのとき、ストーカーが近くにいたの？

そして、その写真を健吾に届けた……？

赤いバツがつけられた写真が頭に浮かび、スマホを持つ手から力が抜けそうになる。

さっきまでの健吾への焦りなど、一瞬で消し飛ぶくらいの恐怖が足元から這い上がってくる。

『ストーカー行為はいずれエスカレートします――』

維人の声がよみがえった。本当だ。本当に、どんどんひどくなってきている。

見えない影が、足音もなく、背後からどんどん近付いてきている――

『今どこにいる⁉　いいから教えろ！　このままじゃ俺も英奈もヤバイって――』

健吾の声が遠くなる。

するりと手からスマホがすり抜けて――英奈は、はっと振り返った。

「もっ、守谷さん……！」

スマホは落としたのではなく、背後から維人に奪われたのだ。

英奈が贈ったネクタイを締めた維人が、英奈のスマホを耳に当てている。取り返そうと伸ばした手は、維人にそっと押し止《とど》められてしまった。

「新浪健吾さんですね？　はじめまして、守谷といいます」

酸素が薄くなったように、息が苦しくなった。

どうして彼が健吾の名前を知っているのかなんて疑問は、混乱した頭には浮かんでこなかった。

また、維人に迷惑をかけてしまっている。

それどころか、きっとすごく嫌な気分にさせているに違いない。

彼の家で、元カレとコソコソ話してるなんて……しかも、こんなに取り乱している相手だ。

キッチンの一点を見つめる維人は、漏れ聞こえる健吾の怒声が止まるのを待ってから、表情のない顔で静かに言った。

「あなたと葉月さんに付きまとっている人なら、知ってますよ」

（え……？）

彼は、犯人を知っている？

愕然《がくぜん》とした英奈を気にもせず、維人は会話を続けている。

「構いませんが、条件がひとつあります。こちらはこの件に関して弁護士をつけますので、今後のご連絡は葉月さんではなく、そちらへお願いします」

きっぱりと言い切った維人に、健吾が噛みついているのが聞こえてくる。

弁護士？　どういうこと？

話にはついていけないし、こんなに荒っぽい健吾もはじめてで、混乱するばかりだ。

「それなら、二十一時に、東条ホテル東京でお会いしましょう。……二十一時からで。いえ、こちらは弁護士とお話しいただいても――フロントで、守谷と言っていただければ」

それから彼は、自分の携帯番号を伝えて電話を切った。

英奈に目を向けた維人は、優しく表情を緩めた。

差し出されたスマホを受け取りながら、英奈は言葉を探す。けれど、頭の中はぐちゃぐちゃで、まるで思考を整理できない。

「勝手なことをして、すみません。パーティー後に、新浪さんと会ってきます」

「でっ、でも！」

「怒ってますか？　葉月さんの元交際相手まで調べたこと」

確かに健吾のことなんて、紹介していないし名前も出していない。

彼が言うように調べたのだろう。

普通なら驚くところだけど、今はそれどころじゃない。

「そんなことよりっ！　守谷さんはこれからお仕事があるのに、こんなことでご迷惑をかけるわけにはっ」

「仕事といっても、一時間も顔を出せば十分です。それに、迷惑じゃありません。俺が好きでやってることですから。葉月さんは、ここで待っててください」

「当事者のわたしが待ってるだけなんて、ダメです！　わたしが、自分でなんとかしなくちゃいけないのに——」

健吾に連絡して、無理だと突っぱねようとスマホを操作しようとした英奈の手を、維人の手がぎゅっと握った。

英奈の不安や恐怖も全部理解してくれたみたいに、すーっと目を細めた維人が、握った手にほんの少しだけ力を込めた。

「心配なら、葉月さんも同席してください。パーティー会場はホテルなので、一緒に行きましょう。部屋を押さえますから、葉月さんは部屋で待っててください。新浪さんとの話も、そこで」

「だけどっ……」

「葉月さんの気持ちはわかってるつもりですけど、この件は一人で解決しようとしないでください。今はゆっくり説明する時間もないので、俺の提案に乗ってくれると助かります。支度できますか？」

いつもと変わらない維人の優しさが、英奈の表情をくしゃりと歪ませた。

維人に心配をかけまいとして一人で動いた結果、彼にいらぬ迷惑をかけてしまっている。

気持ちはどんどん沈んでいくけれど、彼はこれから大事な予定があるのだ。反省も後悔も今するべきことではない。

英奈は急いで外出の準備を整えて、維人と一緒に家を出た。

◆◇◆

東条ホテル東京の広々としたスイートルームを、英奈は落ち着きなく歩き回っていた。

ベッドルームとリビングが区切られた部屋は、モダンな家具で飾られていて、敷かれたカーペットも高価なものだと一目でわかる。

手垢《てあか》ひとつついていない大きな窓からは、宝石を散らしたみたいなまばゆい東京の夜景が一望できるが、今はとてもそれを楽しむことなどできない
腕時計を確認すると、二十時四十分。

(守谷さんは、もうすぐ戻ってくる……)

彼は、二十一時前には戻ると言っていた。維人がいてくれるのは、すごく心強い。だけど、彼が戻ってくるということは、健吾がやってくるということだ。

緊張しているのか、ギューッと締め付けられるように胃が痛くなる。

(あんな元カレと対面させるなんて……最悪……)

ホテルまでのタクシーでは、維人は方々《ほうぼう》に連絡を入れるのに忙しく、話はほとんどできなかった。

彼から教えてもらえたのは、犯人の姿がマンションの防犯カメラに映っていて、どこの誰なのか特定できたということだけ。

『犯人は、新浪さんの関係者でした。葉月さんは巻き込まれただけです』

維人はそう説明するだけで、詳しい話はあとでまとめてしたいようだった。

(ストーカーは誰なんだろう。健吾の関係者って……わたしの知らない人なんだよね)

ため息をついた英奈の思考を遮《さえぎ》るように、スマホが鳴った。

健吾からだ。

維人は「到着したら連絡は自分にするように」と健吾に言っていたし、またあんなふうに荒っぽい言い方をされたら英奈では対応しきれない。

一回目の着信は無視した。けれど、電話は何度も間を置かずにかかってきた。

もしかして維人にはまだ連絡がつかなくて、こちらにかけてきている？

そうだとしたら、健吾がまた癇癪《かんしゃく》を起こすかもしれない。正直話したくないけれど、このまま放置してホテルのフロントで騒がれてはたまらない。

この東条ホテルは、維人の実家が経営するホテルだ。絶対に迷惑をかけてほしくない。

意を決して電話に出てみると、さっきよりいくらか落ち着いた健吾の声とともに、車が行き交う音が遠く聞こえてくる。

『英奈？　さっきはごめん。俺が悪かったよ』

その声は、英奈がよく知る健吾のものだ。

情けない響きを帯《お》びた、甘えた声。だけど、付き合っていた頃のように彼を甘えさせてあげたいとは思わない。

『今ホテルに着いた。外にいるから、迎えに来てくれないか？』

「フロントで案内を受けるようにって——」

『そんなことわかってるよ！』

大きな怒鳴り声に、またビクリと体が震えた。

『あぁ……ごめん、怒鳴って。俺、ちょっと参ってて……頼むよ。誰かに見られてると思うとさ、ずっと神経を張り詰めて、人の目が気になって、心が休まらないんだ。知らないヤツと話すのも怖いって言ったら情けないけど……わかるだろ？』

それは、英奈にもよくわかる。

背後から迫ってくる足音に怯《おび》えて逃げた夜や、ポストから空《から》の封筒が大量に溢れ出してくる光景は、忘れようとしてもなかなか忘れられない。

英奈には、維人がいてくれた。

一人じゃないと思えて心強かったし、彼はいつもそばで守ってくれていた。

けれど、健吾はそうじゃない。

「……その気持ちはわかるけど、ここは安全だから。フロントで案内してもらって」

『さっきの、守谷ってヤツと、付き合ってるんだな』

「それは……健吾には関係ないことだよ。とにかく、わざわざ場所を用意して待ってるんだから、ちゃんと来て。一人で」

『頼むよ。下まで迎えに来てくれって言ってるだけだろ？　そっちは二人で、俺は一人なんて不公平だろ。顔を見せて、安心させてくれたってよくないか？』

（こどもみたいなこと言わないでよ……）

英奈は頭を抱えたいほどうんざりしたけれど、ため息はなんとか堪《こら》えた。

健吾は、言い出したら聞かない。

それに、わざわざ自分で火に油を注《そそ》いで彼を面倒な状態にしてしまうのは避けたかった。

「わかった」

電話を切った英奈は、ため息をつきながら部屋を出た。

18

会場に招待された約二百人全員と挨拶をするのは、さすがに一時間では無理だ。

それでもできるだけ多くの人と話をして、維人はそろそろ会場を抜けようと腕時計を確認した。

時刻は、二十時五十分。

出る前に、由梨乃と新太郎には声をかけていきたかったが――

（由梨乃はまた面倒なのに捕まってるな）

話が長いことで有名な大企業のCEOに、由梨乃は愛想よく相槌《あいづち》を打っている。

今日の由梨乃は、長い黒髪を結い、パールのイヤリングと揃いの髪飾りをつけている。

隣には、由梨乃の婚約者がピタリと寄り添い、二人の仲睦まじい姿を周囲に印象付けていた。

彼らの正式な婚約発表はまだ先の予定だが、東条と縁の深い企業の主催するこのパーティーに同伴することで、お披露目《ひろめ》を兼ねているのだ。彼が一緒なのだから、自分はいなくても平気だろう。

由梨乃たちを遠くから見守りながら、維人は近くにいた新太郎に声をかける。

「そろそろ抜ける」

「本気で？　こんなに大物揃いのパーティーに呼んでもらったのに。その用事って、どうしても今日じゃないといけなかったの？」

「どうしても、なんだ」

相変わらず新太郎の機嫌は悪い。

だがこの件は、これ以上放置しておけない。

維人は、何度も新浪健吾に連絡を取ろうと試みたが、彼はよほど疑り深い男らしく、連絡はことごとく無視された。忠告を書面で送付しようかと考えていたところに、彼からの連絡があったのだ。維人にではなく、英奈に、だが。

彼は、今後も英奈に接触するだろうし、維人と二人での対面は避けようとするに違いない。この機会を逃すわけにはいかない。

（それに、犯人はもう限界を迎えてる）

いつ暴走してもおかしくないほどに、相手の精神状態は追い詰められているらしい。

英奈の仕事が一段落するまで持ちこたえてほしいと願っていたが、そううまくはいかない。

夢に手が届くという大事なときに、雑念に囚われてほしくなかった。

（事実を説明したあとは、できるだけそばにいられるようにしたい）

タクシーの中で説明しなかったのは、そのためだ。

「この埋め合わせはする。あとは頼む」

新太郎が渋々頷いたのと同時に、維人のスマホが震えた。

会場の隅へ移動して電話に出ると、低い声が単刀直入に用件を伝える。

「部屋を出ました。エレベーターに乗り込み、下に向かっています」

連休明けから英奈には、それとは知らせずに護衛をつけている。

護衛からの連絡に、維人は短く「追ってくれ」と言って電話を切った。

彼女が部屋を出る理由。

おそらく、新浪健吾から連絡があったのだろう。維人がそう思い至った直後に、英奈からメッセージが届いた。

『新浪さんがホテルに到着しました。迎えに来いと言って聞かないので、騒ぐ前に迎えに行って、部屋に直接案内します』

(まずい……)

新浪健吾は、つきまといの犯人に監視されている。

犯人が英奈を見たら、どんな行動に出るか――にわかに湧きあがる焦りに急かされるように、維人は会場を後にした。

19

まぶしいくらいのエントランスを出ると、陸上のトラックほどもありそうな車寄せの向こう側に、見慣れたうしろ姿があった。

交通量の多い国道沿いの歩道は、絶え間なく人が流れていく。

敷地を区切る植え込みを背に立つ健吾に、英奈は小走りに駆け寄った。

白のTシャツにデニムを合わせた健吾は、英奈に気付くときまり悪そうに目を逸らした。

「……手間かけて、ごめんな」

そう思うなら大人になってと言いたかったけれど、ここで健吾と喧嘩をしてもしかたがない。

「部屋を用意してもらってるから――」

行こうと言いかけた英奈の腕を、健吾の手が強く掴む。

咄嗟《とっさ》にパッと振り払ったけれど、もう一度健吾が手を伸ばしてくる。

「英奈、俺とやり直そう」

「は――？」

「俺、やっとわかったんだ。やっぱり英奈じゃないとダメなんだ」

今更なにを言っているんだろうと、呆れを通り越して驚いてしまって、考えが言葉にならない。

固まった英奈の肩を掴んで、健吾は酔いが覚めたみたいに真剣な目をした。

彼は本気でやり直したいと言っていて、それを英奈が受け入れると思っているのだ。

その考え自体が、狂気じみたものに思えてならない。

「俺を支えてくれるのは、英奈だけなんだ。ストーカーのことも、俺たち二人なら乗り越えられるはずだろ？　そうやって、ずっと一緒にやってきたし、これからも英奈に支えてほしいんだよ」

「いやだよ。離してっ」

「なんでだよ！　そんなに守谷ってヤツがいいのかよ!?　九年一緒にいた俺より、そいつのほうがいいのか!?」

「本当に、いい加減にしてよ……」

うんざりして英奈が顔をしかめると、健吾はカッと怒りに眉を吊り上げた。

「お前は俺のなにがそんなに気に入らなかったんだよ！」

「そういうところだよ！」

思わず叫び返した英奈は、周囲の視線を浴びてハッと我に返った。

こんな通りのど真ん中で言い争うなんて、ホテルにも維人にも迷惑をかけてしまう。

「……とにかく、中に」

言いかけた英奈の視界の隅で、人影がゆらりと不自然な動きをした。

誘われるように視線を向けると、長い髪が夜風に揺れて、陽炎《かげろう》みたいに揺らめいていた。

ほっそりとした——いや、異様なくらい痩せこけた女の人が、ギラリと光る目で英奈を見据え、脚を引きずるように、ゆっくりと近づいてきている。

知らない女の人だ。

白いワンピースに溶けそうな青白い顔の彼女は、おぼつかない足取りで、上体も体の芯が揺れるようにゆらゆらとしているのに、目だけは絶対に英奈から逸らさない。

まるで、ようやく見つけたというように。

まっすぐこっちに向かってきている。

思わず後ずさりそうになった英奈に気付いたのか、健吾が振り返り、鋭く息を呑んだ。

「な、なんでお前が……」

「なんで？　どうして、その女と会ってるの……？」

特徴的な高い声は、抑えきれない感情をはらんで震えている。

「別れるって言ったくせに!!」

不協和音のような叫び声に、英奈の脳裏には去年の誕生日の記憶が鮮やかによみがえった。

『今すぐこの人と別れて！』

そう健吾に迫っていた声と同じ。

高くて、若い声。

けれど、痩せて頬のこけた彼女には、声ほどの若々しさはどこにもない。肌も髪も荒れて、老婆《ろうば》みたいに生命力を感じさせない。

それなのに、両目だけは異常なほどにギラギラとして、英奈たちを睨みつけているのだ。

「わたしだけって言ったのに……結局その女がいいの!?　嘘つき……嘘つき!!」

「ら、藍夢《らむ》ちゃん、落ち着こう。話せばわかるから。な？」

やっぱり。彼女があの「らむちゃん」だ。

英奈と健吾が別れるきっかけになった彼女は、想像していた若くて可愛らしい雰囲気とはまるで違っている。

贅肉《ぜいにく》をそぎ落とした枯れ枝みたいな細い腕が、英奈を指した。

「やっぱり、その女が忘れられなかったんでしょ‼　いっつもそうだった‼　英奈は料理ができた、英奈はアイロンができた、英奈なら言わなくてもわかった、英奈は英奈は英奈は――‼　いっつもそう‼　あんたさえいなかったらっ‼」

その細い体のどこから絞り出しているのかと思うほどの声に、夜の空気が震えている。通行人の視線が集まっていたけれど、彼女を宥《なだ》めるためにどんな言葉をかけていいのか、英奈にはわからない。

心からの叫びに、英奈は怯《おび》えより同情を覚えた。

いろんなものが、パズルみたいにパチパチッと音をたてて頭の中で繋がっていく。

きっと健吾は、まだ若い「らむちゃん」に、英奈と同じように甘えたのだろう。料理をしてくれ。掃除をしてくれ。この手続きを代わりにやってくれ……自分でやるのが面倒なそれらを、彼女に押しつけようとして。英奈は、家事や細々した作業が苦にならないタイプだったけれど、彼女もそうだとは限らないのに。

そればかりか健吾は、彼女が英奈と同じようにできないことや、やってくれないことに腹を立てて、『元カノはできた』と追い詰めたのだ。

好きな人のために頑張っているのに、それを認めてもらえないどころか前の恋人と比較されるなんて……どんなに傷付いただろう。

落ちくぼんだ彼女の目に、憎しみの光が増す。

「結婚するって、言ったのに……！　式場もドレスも決めて、招待状も、用意したのに……！　全部頑張って一人でやってきたのに‼」

「そ、その話は、もう終わってるだろ。俺は、結婚はまだ早いって何度も――」

「うるさいっ！」

長い髪を振り乱して首を横に振る彼女の目から、大粒の涙がぽろぽろとこぼれ落ちる。

「先生が好きって言ってくれたから、専門学校を諦《あきら》めたんだよ……！　わたしは、夢を諦《あきら》めたのに、捨てるなんてひどいよ‼」

彼女が誰を「先生」と呼んでいるのかは明らかだ。

英奈は、背筋が凍りそうな思いで健吾に目を向ける。

「……高校の、生徒なの？　生徒に手を出したの⁉」

「違うっ！　卒業してからだ！　付き合ってなかったのに、あっちが勝手に本気になったんだよ！」

健吾の弁明に、藍夢が嗚咽《おえつ》を漏らした。

その反応は、恋人の裏切りを目《ま》の当たりにした悲しみに溢れていて、彼に非があることは疑いようもなかった。まだ恋に恋する若い女の子をその気にさせて、彼女の人生をつぶしたのだ。

彼女と将来を歩いていくつもりもないくせに、寄せられる好意を手放したくなくて、薄汚い私利私欲のために彼女を利用するなんて……

「……最低」

「健吾のせいだよ……健吾のせいなんだから……！」

吐き捨てた英奈の声と、震える藍夢の声が重なった。

白いスカートに隠れていた手があらわになると、周囲から悲鳴があがった。

その手には、大ぶりのカッターナイフが握られていた。

ゾワリと肌が粟立《あわだ》った。脳からは逃げろと指示が出ているのを感じるのに、足の裏が地面にひっついたみたいに動けない。

「ら、藍夢ちゃん、落ち着こう！　俺が悪かったから!!」

「うるさいっ!!　婚約もなかったことにして、その女を選んだくせにっ!!」

「違うよ！　この人とは、もう終わってるの！　ずっと連絡も取ってなかった――」

「黙れ黙れ黙れっ！」

英奈の言葉をより大きな声で掻き消して、藍夢はカッターナイフを両手で握り直した。

「あんたも、その女も死ねばいいんだっ!!」

「道連れは、新浪さんだけにしてください」

すぐそばから聞こえてきた声にはっとして振り返ると、腕を維人に引き寄せられた。

英奈を抱き寄せた彼は、動じた様子もなく藍夢に語りかける。

「仙名井《せんない》藍夢さんですね。新浪さんの元教え子で、元婚約者。でも、新浪さんの被害に遭った生徒は、あなただけじゃないんですよ」

英奈も藍夢も、信じられない思いで健吾を見た。

彼の顔は蒼白《そうはく》なのに、額《ひたい》には汗が浮かんでいる。

藍夢の注意を引くように、維人は英奈を引き寄せたまま続けた。

「ほかにも二人の元生徒が、あなたと同様の被害に遭ってます。そのうち一人は、鶴田《つるた》麻璃亜《まりあ》さん――仙名井さんの、元同級生ですよね？」

「麻璃亜と……？　麻璃亜と、先生が……？」

繰り返す藍夢の体が、ブルブルと震えだした。

英奈は藍夢に同情する。

そんな近場で浮気されていたなんて、ショックは大きいだろう。

「卒業祝いは、ペアリングだったんじゃないですか？　入籍したら、これが結婚指輪になるねと、言われませんでしたか？　新婚旅行はヨーロッパで、一緒に暮らすのは結婚してから――そう約束したんですよね？」

みんなそう言われていたのだと維人が言外《げんがい》に込めた意図を、藍夢は理解したらしい。

どす黒い怒りが見える彼女の目は、もう健吾しか映していない。

それを誰かに伝えるように、維人が素早く視線を動かした。

彼の視線は藍夢の後方に注《そそ》がれていて、そこには体格のいいスーツの男性が二人いる。

まるで、背後から藍夢を取り押さえるタイミングを見計らっているように――

「この、裏切者!!」

金切り声をあげて、藍夢がカッターナイフを握り締めて健吾に突進した。

逃げ場を求めて健吾がこちらに走り寄って来て、英奈は本能的に目を瞑《つむ》った。

「わあああああああ！」

藍夢の叫び声と健吾の悲鳴、そこに複数の足音が混ざり合い、どん、と大きな衝撃を受けて体が宙に投げ出された。

ばたんとアスファルトにお尻をぶつけた英奈の耳に、悲鳴や絶叫が一斉に入ってくる。

「きゃあああああっ！」

「暴れるな！」

「救急車!!」

目を開けると、三人の屈強な黒服に取り押さえられた藍夢と、呻《うめ》き声を漏らしながら倒れて動かない健吾が目に飛び込んでくる。

健吾の白いTシャツの腹部は赤く染まっていて、別の黒服の男の人が声をかけて励ましていた。「痛い」と繰り返す健吾の傷は、そんなに深くないみたいだ。

ほっと息を吐きだした英奈に、維人が脚を引きずりながら近付いてきた。

彼のスーツが少し汚れてしまっているのは、英奈と同じく、ドミノ倒しみたいに巻き込まれたからだろう。

英奈の前に膝《ひざ》をついた維人が、心配そうに顔を覗き込んでくる。

「葉月さん、怪我は？」

血を流す健吾より、英奈の神経は維人に注がれる。

「わたしは平気で……守谷さんは？」

「俺も大丈夫ですよ。さすがに焦りましたけど、葉月さんが無事でよかった」

維人がふっと表情を緩めて、英奈も強張っていた体から力が抜けそうになる。

緊張の糸が切れて、いろんな感情がドッと溢れ出しそうだった。

英奈の頬を、彼の手がそっと包む。

街灯に照らされた彼のダークブラウンの瞳が、もう大丈夫、これで全部終わったと言ってくれているようで、英奈は素直に、彼の肩にもたれかかった。

◆　◇　◆

英奈たちが警察署を出たのは、二十三時過ぎのことだった。

健吾が切りつけられた事件の事情聴取から解放された英奈と維人は、タクシーに乗り込んで、ひとまずホテルに戻ることにした。

「本当にすみません。わたしが不用意に出て行ったりしたせいで、とんでもないご迷惑をかけてしまって……」

ホテルの前には救急車やパトカーが到着する事態となり、維人だけでなく彼の実家にも多大なる迷惑をかける結果となってしまった。

「気にしないでください。刃傷沙汰《にんじょうざた》になったのはホテルの敷地外ですから。それに、新浪さんも命に別状はないみたいですし」

救急車で搬送された健吾は、腹部に折れたカッターの刃が残っていて手術を受けたそうだが、命に関わる怪我ではなかったらしい。

相当痛かっただろうけれど、彼がやったことを思うと、同情する気にはとてもなれない。

(あんな男に人生を壊された、藍夢ちゃんのほうが可哀想)

藍夢は、通行人が通報して駆けつけた警察官に逮捕された。

人を傷付けたのだから当然といえば当然だけれど……彼女の気持ちは、わからなくもない。英奈だって健吾に別れを切り出されたときには、呪いの藁《わら》人形を通販で買おうか悩んだくらいだ。

実際の行動を起こすかどうかは、また別の話だけれど。

「心配そうな顔ですね。新浪さんのことですか？」

考え込んでしまっていた英奈は、隣に座る維人に首を振った。

「仙名井さんのことです。ちょっと、可哀想で」

「葉月さんは優しいですね。ストーカーは、彼女だったのに」

——英奈と健吾につきまとっていたのは、藍夢だった。

維人は、本当に弁護士を手配していた。

弁護士が警察に提示していた写真を、英奈は複雑な気持ちで思い出す。

維人の家に避難してから英奈は自宅には一度も帰っていなかったが、維人は何度かポストを確認に行ったそうだ。

彼はそのとき、英奈のポストに白い封筒が入っていることに気付いた。

封筒を確認してみると写真が一枚入っていて、その写真には、ファミレスで向かい合う英奈と健吾が写っていた。

健吾に届いた写真と違う点は、英奈に届いたそれは、英奈の上に赤いバツ印がつけられていたということ。

自分に向けられた憎悪《ぞうお》を目の当たりにするのはさすがにショックが大きくて、驚きのあまり、どうしてダイヤル式のロックがかかっているポストの中身を維人が取り出せたのかなんて疑問も吹き飛ぶほどだった。

……落ち着いた今となっては、ロック番号を誕生日にしていたからだろうと納得しているけれど。

ストーカー行為だけでなく、藍夢を脅迫で告訴できると弁護士は説明してくれたけれど……これ以上、彼女を責めたくないと英奈は思った。

今後改めて彼女のご両親からも連絡があるだろうし、そのときにもう関わらないと約束してくれたらそれでいい。

(だって、あの白い封筒……)

上質な洋封筒。

害意を込めるなら黒や赤でもよかったのに、どうして白い封筒なのかずっと疑問だったけれど。

「あの封筒――たぶん、結婚式の招待状を入れるために準備したものだと思うんです」

何百枚とあったすべてがそうだとは限らないけれど、送る宛てを失った封筒を、英奈と健吾に届けていたのだとしたら、そんなに悲しいことはない。

空《から》っぽの白い封筒には、藍夢からの悲痛な叫びが込められていたのだ。

「同情してるんですか？」

「……だって、可哀想です。人を傷付けるのはよくないことだけど、彼女だって被害者です」

彼女の気持ちを知ってしまった今、湧きあがってくるのは健吾への軽蔑《けいべつ》と、間抜けな自分への落胆《らくたん》ばかり。

「どうして気付かなかったんだろう……」

浮気にすら気付かなかった。

社会人になってからすれ違う日々が続き、もしかしてと不安が過《よぎ》らなかったわけではない。それでも、英奈は健吾を信じていた。

処罰されるべきは藍夢ではなく、健吾のほうだ。

「新浪さんは、その件できちんと罰を受けることになると思います」

「どういうことですか？」

健吾が元教え子と卒業直後に関係を持ったと告発したのは、藍夢とその同級生とは違う、別の被害者だそうだ。

信じがたいことに、彼女とは金銭的なトラブルもあったらしい。

「仙名井さんのご実家は裕福で、披露宴や結婚後の生活資金は、仙名井さんのご実家が工面《くめん》してくれる予定だったそうです。でも、その方は一般的なご家庭のお嬢さんで、二人の今後の資金は、二人で調達することになった。それで彼女は、新浪さんに言われるままに、バイトで得た収入を共同の口座に貯金していたんです」

「……それを、彼が使い込んだってことですか？」

「大した額じゃないそうですけどね。別れたあとも、新浪さんは返済の意思を見せなかったそうです。彼女は、徹底的に新浪さんに制裁を加えるつもりでいるみたいですよ」

「その人も、健吾の教え子なんですか……」

「そうですね。仙名井さんたちの一つ上の学年です」

「もしかしたら、ほかにも被害者がいるんじゃ……」

「さすがにそれはないと思います」

「……もしかして、それも調べたんですか？」

維人は少し笑みを浮かべただけで、イエスともノーとも言わなかったけれど、それが何よりの肯定だと思う。

（守谷さんってすごい……。家とか交友関係を調べる能力もそうだけど、なんていうか……執念？）

英奈は、自分ではどうしようもないし調べる方法もないからと、ストーカーを突き止めようとはしなかった。

そこには、男女の性差や社会的な地位、財力の違いもあるのかもしれないけれど……一番違うのは、諦《あきら》めない心だと思う。

「けん――えっと、新浪さんは、これからどうなるんでしょう？」

「これだけ大事《おおごと》になったからには、職を失うでしょうね」

「……当然ですね」

それだけでは足りないと思うくらいだ。

健吾には自分の人生をしっかり見つめ直して、傷付けた元生徒たちに償《つぐな》い、今後は人を傷付けない人生を送ってほしい。

（これで、やっと終わったのかな）

ストーカー事件は解決した。

まだいろんな事後処理は残っているけれど、英奈には維人が選んでくれた優秀な弁護士がついているし、これからは背後に怯《おび》えることはない。

（全部、守谷さんのおかげだ）

ホテルの車寄せに滑り込んだタクシーの中で、英奈は維人にできるだけ体ごと向き直った。

ゆっくりと揺れてから止まった車内で、英奈と維人の膝《ひざ》がぶつかる。

「ありがとうございます。守谷さんのおかげで、全部解決できました」

彼は、スカートから覗く英奈の膝《ひざ》を見つめるように目を伏せて、少しだけ口元を緩めると、なにも言わずにタクシーの支払いを済ませた。

(守谷さん、どうしたんだろう……)

維人からなんの答えも返ってこないなんて……もしかして、怒っているのだろうか。

(たくさん、迷惑かけちゃったし、怒るのも無理はないよね……)

タクシーを降りた英奈は、俯《うつむ》いたまま維人に並んでホテルに入った。

維人がフロントでカードキーを受け取っている間、英奈はロビーで待っていた。

すると、フロントの奥から五十代くらいのスーツの男の人が現れて維人に声をかけた。

彼には気品と貫禄《かんろく》があり、周囲の人々の反応からも、責任ある立場であることが窺《うかが》える。

あの人が、このホテルの支配人だろうか?

例の騒ぎのことを話しているのだと予想がついて、自分も謝罪に行くべきかと悩んでいたところに、今度は黒髪の女の人が駆けつけた。

パールの髪飾りをつけたワンピース姿の彼女は、先日英奈が目撃したあの紙袋の女の人だ。

彼女も今夜のパーティーに出席していたのか、スーツより華やかな装いに身を包んでいる。

彼女は迷いなく維人に駆け寄ると、支配人らしき男の人と話している間に割って入り、維人の肩を掴んだ。

心配そうに彼に向けられる目には、深い愛情が浮かんでいる。彼女の手をそっと遠ざける維人の仕草も、とても優しげで、親しそうで――

また息苦しさに似た胸の痛みを覚えて、英奈はぎゅっと下唇を噛んだ。

「あーあ。あれは維人君、相当怒られるよ」

どこからか現れて英奈の隣に立った三葉が、はーっと大きなため息をついている。

うしろに髪を流したスーツ姿の彼は、先日会ったときより近寄りがたい雰囲気があったけれど、英奈を見下ろす目は、やっぱり大型犬みたいに無邪気に見えた。

「それで、事件は解決した？　流血騒動になったって聞いたけど、大丈夫だった？」

「はい、守谷さんも怪我はないみたいです。すみません、大事なパーティーの日に、守谷さんを巻き込んでしまって……ご迷惑をおかけしました」

「本当だよ。こんな大事な日に、ホテルの前で。しかもあのスーツ……あれ、彼女が毎年維人君に贈ってるやつだよ。あんなボロボロのヨレヨレにしちゃってさぁ」

三葉が「彼女」と言ったのは、あの黒髪の女の人だ。

維人が今夜身にまとっているのは、いつもよりフォーマルなスーツだった。光沢のある生地で、品のある深い色あいも、サイズも維人にぴったりのそれは、間違いなくオーダー品だ。

それを、毎年贈っているなんて、友達以上の関係だとしか思えない。

彼女は腰に手を当てて、怒ったような表情で維人と話している。表情豊かで、気持ちをストレートに維人にぶつける彼女に、彼は優しい表情で応《こた》えている。

親密そうな二人を見ていると、呼吸が苦しくなっていく。

「……あの方は、守谷さんの親しい方なんですか？」

「えっ、親しいっていうか――」

中途半端《はんぱ》に言葉を切った三葉を見上げると、彼も不思議そうに英奈を見下ろしていた。

数秒間、英奈をじっと見ていた彼は、大きな目をぱちりと瞬《また》いて、ニヤリと唇の端を引き上げた。

「彼女は、維人君の特別な人だよ。良家のご令嬢で、仕事もできる。二人は切っても切れない絆で結ばれてる……そんなところかな」

ズンと心が重くなったのをはっきり感じた。

（特別な人……やっぱり、そうなんだ……）

去年のクリスマスイブに維人が自分に重ねた人は、きっと彼女だ。

旅先で出会った見ず知らずの英奈に重ねてしまうくらい特別な彼女が、今でも顔を合わせる機会も多い人だなんて……考えるだけで、胸が苦しくなる。

維人の彼女への態度は、恋人のような甘いものではない。

けれど、彼女を今も、特別に大切な存在だと思っている様子は伝わってくる。

「今夜は、彼女の婚約者のお披露目《ひろめ》があったんだよ。維人君にとっても、特別な夜だった」

ちらりと見えた彼女の左手の薬指には、遠目からもわかるくらい大ぶりなダイヤモンドをあしらった指輪がはまっていた。

彼女は、維人とは別の誰かを人生のパートナーに選んだ。

けれども英奈には、二人がまだ想い合っているように見えて、三葉が語る二人の過去をこれ以上聞きたくないと思ってしまう。

「維人君は、優しくて、一途な人だよ。俺は葉月英奈のことを嫌いじゃないけど、維人君は親友なんだ。俺の大事な親友にここまで尽くさせて、葉月英奈は維人君になにをしてあげられるの？」

三葉の言うとおりだ。

維人には、たくさん助けてもらった。物理的に守ってもらっただけでなく、精神的にもずっと支えてもらった。それなのに――

（わたしに、なにができるんだろう……）

オーダーメイドのスーツに合わせられた、たいして高価でもない自分が贈ったネクタイがひどく色あせて見えて、英奈の視線は完全に絨毯《じゅうたん》の上に落ちていった。

三葉はふらりと維人に向かっていき、カードキーを受け取って戻ってきて英奈に差し出した。

「部屋で待っててほしいって」

英奈はものわかりのいいふりをして、一人でスイートルームに戻った。

ぼんやりと、部屋のソファに座って、夜空を眺める。

あの女の人と話す維人の姿が、ずっと瞼《まぶた》の奥に残っている。

（守谷さんは、わたしと健吾が会ってたのを知って、どう思ったんだろう）

維人は、英奈と健吾がファミレスで会っていたときの写真を見ている。

それについて彼はなにも言わなかったし、英奈もそれどころではなくてきちんと説明しなかったけれど、平気だったのだろうか？

（平気なわけないよ……）

だって、維人の『特別な人』を見てしまった英奈の心は、くしゃくしゃだ。

事情があったとはいえ、元カレとコソコソ会っていた。そんな自分を今更責めてもしかたがないのに、心が押しつぶされそうだった。

（別れようって言われたら、どうしよう……）

彼を傷付けてしまっていたら？

見限られてしまったら？

あの女の人とは全然違うと、自分も藍夢のように言われてしまったら——？

『維人君になにをしてあげられるの？』

あの女の人が持っていなくて英奈が持っているものなんて、きっとない。

自分は、ごくごく平凡な家庭で生まれ育った、ごくごく普通のOLだ。

彼女のように容姿が整っているわけでもないし、特別料理がうまいとか、女の子らしくおおらかだとか、取り立てて誇れるものなんてなにひとつない。

（わたしなんかじゃ、ダメかな……）

体の中心が、ぎゅーっと締め付けられていく。

維人を失う想像をしただけで、目頭が熱くなり視界が滲《にじ》んだ。

つい先月再会したばかりなのに、彼は英奈にとって、特別な人になっている。

隣に越してきた維人に驚かされたけれど、かすかな生活音は心強くて、ずっとそばにいてくれているのだと実感できた。彼だって仕事が忙しいはずなのに、英奈の生活のリズムに合わせて家まで送ってくれて、いつだってこれ以上ないくらいの優しさを注《そそ》いで、安心感をくれた。

言葉だけでなく、行動で愛情を示してくれた。だけど、性急に体を求めたりはしてこなくて、いつだって誠実で、それを英奈も嬉しいと思った。

一緒に夕飯を食べるのが楽しくて、毎日が充実していた。

同じベッドで眠るのだって、一度も嫌だなんて思わなかった。

それは全部、彼が好きだから——

自分が彼にあげられるものなんて、こんなありふれた気持ちしかないと気付いてしまって、堪《こら》えていた涙がこぼれ落ちた。

20

(参ったな)

ホテルの前で騒動を起こしてしまった代償は高くつきそうで、維人はエレベーターの中で過密スケジュールを想像し、ため息をついた。

ホテルの支配人経由で、父から『創業記念には出席してくれ。それから、例の企業のシステム開発の依頼も引き受けてもらいたい。今回の件はそれで帳消しにしよう』と有《う》無《む》を言わせぬ依頼が舞い込んだ。由梨乃には、『妹がお誕生日に贈ったスーツを台無しにするなんて、なんてひどいお兄ちゃんなの。新婚旅行の援助は期待してるからね!?』と言われてしまった。

だが、それで済むなら安いものだ。

維人が予想していたものとは違う形ではあるが、ようやくストーカーの件が解決したのだから。

(あとは新太郎だな……。なにを企《たくら》んでる?)

英奈を先に部屋に戻してやれと促《うなが》したときの新太郎の、新しいおもちゃを見つけたような顔――彼があういう顔をするときは、大抵悪だくみをしているときだ。

(あいつはときどき、ろくでもないことをしてくれるからな……)

だが、今夜は新太郎の心配までしたくない。さすがに疲れた。

浮遊感とともに停止したエレベーターを出て、スペアのカードキーでドアを開けて部屋に入る。

足が重く、今夜はここに泊まってしまおうかと考えながらリビングにたどり着いた維人は、ソファで静かに涙を流す英奈を見て、ピタリと足を止めた。

泣いている?

維人が戻ったことに気付いた彼女は、驚いたように顔をあげ、慌てて手の甲で涙を拭った。

「すみませんっ……守谷さんが戻ったの、気付かなくて」

気丈にも、いつもどおりに振る舞おうとしている。涙を見せまいとする彼女の表情はぎこちなく、それがいっそう維人の心を痛めた。

どうしたのかなんて尋ねるまでもない。

九年も一緒に過ごしてきた新浪健吾が、目の前で切りつけられたのだ。裏切られた相手だったとしても、彼との間には九年間の思い出があるはずで、いろんなショックが重なったに違いない。

タクシーの中でも、彼女はずっと悲しそうな目をしていた。

自分に気を遣って言葉にしないだけで、元恋人の状態が気がかりなのだろう。

「……新浪さんは、中都《なかと》病院にいますよ」

「え？」

話が呑み込めないという顔をした彼女が首を傾げると、短い髪がふわりと揺れた。

新浪健吾への長年の嫉妬《しっと》によるものか、その髪に触れたいという強い衝動に駆られる。

維人は彼女の隣に腰を下ろすと、やわらかな曲線を描く髪に手を伸ばした。

指先で触れた髪は、ひんやりとしている。

ぬくもりを感じたくて頬に指を滑らせると、彼女の肩が小さく揺れて、涙に濡れた睫《まつ》毛《げ》が黒い瞳を隠すように伏せられていった。

複雑な心情を隠すような仕草に、維人の胸はまた軋《きし》むような痛みを訴える。

やはり、元恋人の無事をその目で確かめたいのだろうか？

本当は、会ってほしくない。新浪健吾には、もう二度と関わってほしくない。

だが、そんな自分勝手な感情を押しつけてはいけない。

「病院まで、送っていきましょうか？　夜間ですけど、事情が事情ですから、容態くらいは教えてくれると思います。それとも、朝になってから送っていきましょうか？」

「え……病院？　中都病院に？」

「新浪さんに、会いたいんですよね？」

前髪の奥で彼女の眉が歪み、黒い瞳がゆっくりと維人を捉《とら》えた。

涙を溜めた目が不安げに揺れているのを見て、維人はこくりと息を呑んだ。

「……どうして、そんなことを言うんですか？　怒るのは、当然だけど……」

「え？」

今度は、維人が話の流れを理解できなかった。

感情と一緒に溢れ出したように、彼女のスカートに涙がポタリと落ちる。

「ごめんなさい……守谷さんに、迷惑かけてばっかりで……おまけに、黙って元カレと会うなんて……嫌われても、しょうがないけど……」

両手で顔を覆って泣きはじめた英奈に、維人は一瞬なにが起きたのか理解できなかった。このところ続いていた寝不足のせいなのか、まったく頭が回らない。

誰が、誰に嫌われるって？

彼女が泣いているのは、新浪健吾が負傷したせいでも、彼の裏切りを知ったせいでもなく、自分に迷惑をかけたから？

「わたし、なにも持ってないし、なにも返せないけど……だけど、こんなふうに別れたくない……」

別れる？

「葉月さん？」

顔を覆う両手をそっと引き剥《は》がすと、泣き濡れた彼女の目が、ぽろぽろと涙をこぼしながら維人を映している。

「あの人みたいには、絶対なれませんけど……わたし、守谷さんが好きなんです……」

体の内側が、温かい何かで満たされていく。

経験したこともないほどの充足感に、維人はフッと笑みをもらした。

彼女がなにを言っているのかは今ひとつわからないが、明確な言葉は、維人に信じられないほどの幸福感を与えてくれた。

意地っ張りな彼女の「好き」に、どれだけの想いが詰まっているか。

その一言で、なにもかも報われた気がした。

「俺も、葉月さんが好きですよ。たぶん、葉月さんが思ってる以上に、葉月さんが好きです」

彼女が知らないだけで、ずっと前からそうだった。

「一生離すつもりなんてないんですけど、なんで別れるなんて話になってるんですか？」

「……え？」

濡れた睫毛《まつげ》がパチパチと音を立てて瞬《まばた》きを繰り返している。

黒い瞳が動揺で小刻みに揺れ、少しずつ状況を呑み込んでいく彼女の頬が、にわかに赤く染まっていく。

その仕草ひとつひとつに愛おしさがこみ上げてきて、維人は表情が緩みきってしまわないよう、すーっと目を細めて彼女を見つめた。

21

「それは、俺の妹ですね」

「妹さん……」

なんて恥ずかしい勘違いで、なんて恥ずかしいことを言ってしまったんだろう……。

英奈は、自分の思い違いにまた体温が上昇していくのを感じた。

ソファの上に並んで座る維人と、目を合わせるのさえいたたまれない。

「わたし……すみません。勝手に勘違いして、突っ走っちゃって……」

「嬉しかったですよ。葉月さんが、好きって言ってくれて」

カーッと赤くなる頬を隠して俯《うつむ》くと、彼はくすっと笑った。

「由梨乃は働きだしてから、毎年俺の誕生日にスーツをプレゼントしてくれるんですよ。今日着てるのは、二年前にもらったものです」

「それで、あんなに怒ってて……」

「そうですね。このスーツはボタンが取れかかっていて、先日帰省したときに直しに出したんですが、手違いで実家に届けられてしまって。それを、由梨乃が会社に持ってきてくれたんです。葉月さんが由梨乃を見たのは、そのときですね」

兄の忘れ物を職場に届けた妹。

騒動に巻き込まれた兄を心配しながらも、プレゼントしたスーツがダメになってしまったことに腹を立てる妹。

微笑ましい光景を、なんて汚れた目で見てしまっていたのだろう。

「お恥ずかしい限りです……」

三葉に「彼女は特別な人」と説明され、勝手に元恋人だと解釈して、『別れたくない』なんてメソメソ泣いていた自分がとにかく恥ずかしくて、顔を上げられない。

勘違いを、深く、深ーく反省する。

「唆《そそのか》したのは、新太郎ですよね？　アイツには、あとでお灸《きゅう》を据えておきます」

「いえっ！　わたしが勝手に思い違いしただけで、三葉さんのせいじゃないんです」

維人の声に、なんだか物騒な響きを感じ取り、慌てて三葉をかばってしまう。

三葉はわざと英奈に勘違いさせるようなことを言ったのだろうけれど、彼が維人を心配するのは当然だ。

英奈だって、もし友達から「恋人の元恋人が刺された」なんて聞かされたら、そんな元恋人と関わっていた恋人も危ない人なのでは？　と心配したくなるだろう。

それに……維人が去ってしまうと思ったのは、自分にうしろめたいところがあったから。

「……そもそも、わたしが守谷さんに黙って新浪さんに会ったりしたから、別れ話になるんじゃないかって不安になってしまって……しつこく言われても、突っぱねたらよかったのに――」

「それは新浪さんのせいで、葉月さんは悪くありません。あんなふうに怒鳴られたら、怖くなって相手に従うしかできなくなるなんて、あたりまえのことです。相手に強要されたことを、うしろ暗く感じる必要なんてありません。自分を責めなくていいから」

絶対に英奈は悪くないんだと強く言ってくれる維人に、瞼《まぶた》の裏側が熱くなる。

この人は、どうしてこんなに優しいんだろう。

英奈を疑うことも、気を悪くすることもなく、ずっと大切にしてくれている。

また泣きそうな顔になった英奈に、彼は眉を下げて、苦い笑みを浮かべた。

「俺が先を急いだのも、いけなかったんです。もっと時間をかけて、信頼関係を築けていたら、葉月さんを無理させることもなかったのに。葉月さんが好きな気持ちを、抑えきれなくて」

「そ、そんな……」

急に熱烈な告白が飛び出してきて、違う意味で顔に熱が集中する。

確かにはじめの頃は、彼の行動はすべてが突飛《とっぴ》で、英奈の想像の斜め上をいくものばかりだった。けれど、それなりの事情があると彼は言っていた。

その話を聞けなかったのは、英奈の事情だ。

彼はストーカーに怯《おび》える英奈の気持ちを汲《く》んで、ずっと待ってくれていた。英奈の心の準備が整っていれば、彼はいつだって話してくれただろう。

自分のほうが、いろんなことから目を背けて逃げていた。

けれど、今はもう逃げようとは思わない。

「守谷さん。わたし、もうちゃんと聞けます。だから、わたしが似てる人が誰なのか、教えてください」

「……似てる人？」

「わたしとはじめて会ったとき、守谷さんは『知り合いとよく似ていた』って言いましたよね。その人は、誰なんですか？　守谷さんにとって、どんな存在なのか、教えてください」

予想外の質問だったのか、維人はしばらく呆然としたように目を瞠《みは》って、それからゆっくりと首を傾げた。

「もしかして、あのとき葉月さんがいなくなったのは、それが気になったからですか？」

「はい……だけど今は、守谷さんがわたしを大事にしてくれてるのは、わかるから。だから教えてください。守谷さんがずっと待っててくれたお話、今ならちゃんと受け止められます」

どんな話だって、彼が英奈の過去を受け止めてくれたように、自分も彼の過去を受け止めるのだ。

意気込んでしかつめらしい顔をした英奈に、維人はフッと笑みを漏らした。

「俺が葉月さんに似てると言った人は、葉月さんですよ」

「……え？」

「今度は、俺が恥ずかしがる番かもしれないですね」

そう言って笑った彼は、いつもより少しだけはにかんだような目をしていた。

彼が語った、もう十年以上前の話を、英奈は記憶を辿《たど》りながら聞いていた。

出会ったきっかけから、去年のクリスマスで再会し、英奈の隣人になるまでの説明をする維人は、ときどきすごく遠い目をした。

「長かったですよ。葉月さんに追いつくまで」

苦笑交じりに言った維人に、英奈はうっすらと記憶に残っている、今にも倒れてしまいそうな男子高校生の姿を重ねようとする。

「守谷さんが、あのときの高校生……？　本当に……？」

彼はずっと俯《うつむ》いていて、顔はさらさらした黒髪に隠れてほとんど見えなかった。わずかな受け答えや雰囲気が上品で、体育会系の先輩たちと違う様子が印象的だった。

それに、自分が生きていようが死のうが、関係ないといったことを言われて……ひどく悲しい気持ちになったのを覚えている。

それだって、言われなければ思い出さないくらいには、薄れかけていた思い出だけれど。

あのときの弱りきった姿は、今の頼りがいのある維人には重ならない。

けれど、言われてみれば確かに面影《おもかげ》はある。

「タオルを貸してくれたのを、覚えてますか？　クマのマスコットの、青いスポーツタオル」

「あっ、覚えてます！」

青いスポーツタオル。中学一年の頃から使っていて、隅に書いた名前が洗濯のたびに薄れてしまって、何度もマジックで書き直したものだ。

「あのタオル、今も保管してあるんですよ。葉月さんとの、大切な思い出なので」

「恥ずかしい……ボロボロだったのに……」

あれを堂々と人に貸してしまった中学生の自分は、なんて怖いもの知らずだったんだろう。

考えずに動くのは昔からだと反省した英奈とは反対に、維人は満ち足りたような顔をしている。

「そんなことありませんよ。あのタオルと葉月さんの優しさが、俺を助けてくれたんですから。俺はあれからずっと、葉月さんが好きだったんです。長い間、声も掛けられずに、ストーカーみたいにつきまとうだけで終わってしまいましたけど——去年のクリスマスイブに葉月さんと再会して、運命だと思ったんです。この人を、今度こそ俺が幸せにしたいって」

去年のクリスマスイブに、彼は驚くほど優しかった。

初対面のはずなのに、ほのかな好意どころか、愛情さえ感じる甘やかな態度で、英奈のことをよく理解してくれていた。英奈が必要とする行為や言葉を全部くれる彼を、これくらいの素敵な男の人になると女の扱いがうまいものだなんて思ったけれど——そうではなかったのだ。

英奈だったから。

青春時代に、ずっと見守ってくれていたから。

声もかけられないほど、純粋な気持ちで好きでいてくれたから。

だから彼は、英奈を大切に扱ってくれたのだ。

(それって、すごく……)

気恥ずかしいのに、嬉しいような……

湯気が出そうなくらい顔が熱くて、手の甲で口元を隠してみるけれど、赤くなっているであろう頬は隠しようがない。

「今の俺があるのは、全部葉月さんのおかげなんですよ。葉月さんは、俺の命の恩人です」

「そ、そんなことは……」

もし英奈が、当時の彼がつらさを乗り越える助けになったのだとしても、それは偶然であって感謝されるようなことではない。

それに、そのあとに起業して社会的に成功を収めたことや、円満に家を出て家族との関係を良好に保っているのは、やっぱり維人自身の力だ。

「あのときだって、わたしはなにも考えてなくて……。ただ、具合の悪そうな人がいるなと思って声をかけただけです。今の守谷さんがあるのは、守谷さんの努力のたまものです。命の恩人だなんてとんでもないし、わたしのおかげなんかじゃありません」

本心で答えた英奈に、維人はまた眩《まぶ》しそうで、とろけるほど甘い目を向ける。

「そうやって、純粋な気持ちで人に優しくできるのが、すごいことなんです」

「わたしのは、お節介なだけで……」

どうしていいやらわからず視線をさまよわせた英奈の顔を、維人がそーっと覗き込んだ。

「クリスマスイブの夜、コンサートが終わってから、どうして俺が葉月さんに追いつけたのか、わかりますか？」

「たまたま見つけてくれたんじゃないんですか……？」

「違うんです。葉月さんがタクシーを譲ったあのご夫婦。覚えてますか？」

覚えている。

ホテルのロビーで、手配したタクシーが間に合わないと困っていた夫婦に、維人が機転を利かせてタクシーを譲ったのだ。

「あのご夫婦が、奏者の方と話したあとに葉月さんが、一人で会場を出て行くのを見ていたんです。タクシーにも乗らずに、悲しそうに歩いて行ったって、俺に知らせてくれました。『あのお嬢さんを口説くんじゃなかったんですか』って。だから、俺は葉月さんを探せたんですよ」

維人の手が英奈の手に重なって、優しく包み込む。

「不思議なんですけど、思ってもみなかったところで、いろんなことが繋がってたりするものだと、俺は思うんです。葉月さんにとってはなんてことのない些細《ささい》な優しさが、誰かを救ってるんですよ」

いろんなことが繋がっている——中学生の自分が助けた弱りきった高校生が、十数年の時を経て、自分を助けてくれているように。

「葉月さんは俺の命の恩人で……忘れられない、初恋の人です。だから、どうしても諦《あきら》めきれなかった」

「っ……！」

ボンッと心臓が弾《はじ》けて、肌がジリジリするくらい頬が熱くなってきた。

言葉自体は甘酸っぱいものなのに、それを声に出されるとこんなにも破壊力があるなんて……

「そっ、そ……」

「どうして葉月さんが恥ずかしがるんですか？　さっきから恥ずかしい告白をしてるのは、俺のほうですよね？」

「だだ、だって……そんなこと言われるの、はじめてで……」

「それは、喜んでくれてると思っていいですか？」

迷いながらも小さく頷いた英奈の髪を、維人がそっと耳にかけた。その手がゆっくりと耳をくすぐり、首筋へ滑っていく。

部屋に流れる空気に、ほんの少しだけ艶《つや》めいた雰囲気が混ざり込む。

「葉月さん。俺たち、恋人ですよね？　そろそろ、名前で呼んでもらえませんか？」

それくらいいくらでもと思ったけれど、いざ名前で呼ぼうとすると、とたんに鼓動が加速する。

ソロリと目を逸らすと、今度は彼の手が頬を包んで、強制的に目線を合わせられてしまった。

英奈をじっと見つめる彼の目は、いつになく意地悪で……それでいて、これ以上ないくらい純粋な幸せが滲《にじ》んでいた。

「呼んでくれないんですか？」

「……ゆ………ゆき、と、さん……？」

「はい。英奈ちゃん」

「っ……！　ちゃんはダメですっ……！　もういい歳なので！」

思わず時間帯を忘れて叫んだ英奈の唇に、シーッというように彼の人差し指が縦に添えられる。口を閉ざすと、役目を終えた彼の指が、英奈の下唇に触れた。

スルスルと、感触を確かめるみたいに唇をなぞる指先は、偶然触れたのではない。明確な意図をもって触れられた箇所が、ジリジリと痺《しび》れるような熱を持ちはじめる。

「英奈ちゃん」

これだけは譲る気がないというように繰り返して、彼がゆっくりと迫ってくる。コツンと額《ひたい》が合わさって、ダークブラウンの瞳に搦《から》めとられて目を逸らせなくなる。

「クリスマスイブの続き、してもいいですか？」

「続き……？」

続きって、なんのことだろう？

英奈の表情に浮かんだ疑問に気付いたのか、維人はフッと笑みをもらした。

「俺たち、まだ最後までしてませんよ。途中で寝たの、覚えてませんか？」

「えっ、寝た……？　わたし、寝ちゃったんですか!?」

だから記憶がなかったのかと納得しつつも、いたたまれない思いで何度も謝罪を繰り返す英奈の頬を、彼はそっと撫でてくれた。

「謝らなくていいんです。酔ってるとわかってて付け込んだ、俺が悪いんですから」

「だけど、そんな失礼なことって……」

「あのときは、あれでよかったんですよ。やっぱり、英奈ちゃんの意思で俺を受け入れてほしいので」

不意に彼の長い指が頬をくすぐり、ゾクリと体の中心が震えた。

とろけそうな視線が絡みついたまま、ゆっくりと彼の瞳が近付いてくる。

「でも、今はもう、俺を好きになってくれたんですよね？」

長い睫毛《まつげ》がぶつかりそうな近さで止まる。

「もう一回、名前、呼んでくれませんか」

「……ゆきと、さん……」

ダークブラウンの瞳が、幸せそうにきらめきながら迫る。ぎゅっと目を閉じると、唇に彼のぬくもりが重なった。

甘い空気と彼の匂いにクラクラする。彼の手が髪を撫でながらそーっと首のうしろに差し入れられると、全身の肌が粟立《あわだ》った。

濡れた感触が誘うように唇を辿《たど》り、英奈の唇は従順にそれを受け入れようと開いていった。


ベッドルームに入るなり、維人の腕の中に閉じ込められて、たくさんのキスが注がれる。

リビングからの明かりが漏れ入るドアのそばに立ったまま、彼にきつく抱き寄せられて、英奈は動くことができない。

ベッドサイドに置かれたランプが、やわらかいオレンジ色の明かりで枕元を照らしているが、その光は英奈たちのもとまでほとんど届いていない。

うす暗い寝室は、彼の存在をよりはっきりと感じさせた。

優しい匂いや、服の向こうに感じるぬくもり。

二人の息遣いと、口内で絡む濡れた音。

彼の舌がゆっくりと口腔《こうこう》を探るのは、記憶の底で眠っていたあの夜のキスよりずっと甘やかで、膝《ひざ》から力が抜けてしまいそうだった。

首のうしろに添えられた彼の手が、時折そーっと肌を撫で、そのたびに英奈は呼吸を乱される。

「はぁ……」

英奈は無意識に、彼のジャケットをぎゅっと握りしめていた。

繰り返される口付けはどんどん深くなり、搦《から》めとられた舌を擦りあわせられると体の芯がゾクゾクして、しがみついていないと崩れそうだ。

少しずつ呼吸があがっていくのは、長いキスで息ができないからじゃない。

胸の奥で、心臓が甘く高鳴っているから。

維人の想いを知らしめるような深い口付けに翻弄《ほんろう》されながらも、英奈は陥落《かんらく》寸前のところで、彼のジャケットをツンツンと引っ張った。

「も……維人さん……わたし、普通に一日仕事してたので……あの、シャワー……」

バスルームは、寝室の奥にある。

洒落《しゃれ》た金色のドアノブがついたバスルームの扉を一瞥《いちべつ》してみたが、維人はクスッと笑って、英奈を抱き寄せる腕に力を込めた。

「もう待てません。半年近く――いや、もう十年以上待ちました。今すぐほしい」

「う……」

英奈が高校生の頃からずっとこうしたかったと打ち明けられたようで、照れくさいのに……なんだか胸がキュンとする。

強く抱きしめて離してくれない腕からも彼の本気度が伝わってきて、言い訳の言葉が続かなくなる。

好きな人にこんなにもストレートに求められたら、突っぱねるなんて無理だ。

（だけど、今すぐほしいって……）

いつもの維人からは想像もつかないセリフで、英奈のほうが恥ずかしくなってしまう。

顔を熱くしている英奈を見つめながら、維人はすーっと目を細めた。

「……恥ずかしがってる顔は、新鮮なんですよね」

「え？」

ぼそりと維人がこぼした呟きをうまく聞き取れず、英奈は目を瞬《またた》かせる。けれども彼は「こっちの話です」と表情を緩ませただけで、また自然な動作で英奈の唇を奪ってしまった。

「んぅっ……」

さっきより大胆に絡む舌に、甘い痺《しび》れが背筋を走りぬける。

体も心も全部ほしがっているような口付けに、どんどん溺れていってしまう。

そばゆい。

「英奈ちゃん……」

濃厚な大人のキスの合間に低い声が囁《ささや》く呼称は、高校生が恋人を呼ぶときみたいでこそばゆい。

でも、彼が長い間ずっとそう呼んでくれていたのがわかる自然さと、純粋な気持ちが滲《にじ》む響きのおかげで、呼ばれるたびに嬉しい気持ちが勝《まさ》っていく。

腰を引き寄せていた彼の片手が、するりとブラウス風のカットソーの裾《すそ》から侵入し、そーっと背筋が撫でられた。

「ひゃっ……！」

びっくりして変な声をあげてしまった英奈は、咄嗟《とっさ》に自分の背中を振り返ってバランスを崩した。

体が傾き、維人の腕に支えられながらも反動で数歩うしろに進むと、ふわりとベッドの上にお尻から投げ出された。

やわらかなベッドは雲の上に乗っかったような座り心地で、体がぽわんと跳ねただけでほとんど衝撃もない。自宅にある、スプリングが背中に当たる年季の入ったマットレスとは全然違う。

真っ白なカバーと濃いブラウンのベッドスローの上から、ふかふかと手の平でベッドの感触を確かめていると、維人の手が英奈の片頬を包んだ。

「大丈夫でしたか？」

「平気です。ベッドが、すごくやわらかくて――」

顔をあげると、とろけそうなくらい甘い情熱を浮かべた瞳と視線が交わった。

（この目……覚えてる……）

記憶の底に沈んでいた、あの夜の記憶がよみがえる。

十二月のひんやりとしたシーツの上で、今自分を見つめているのと同じ目が、英奈だけを映していた。

二人の熱が溶け合って、いつまでも覚めないでほしいと思うくらい幸せな気持ちに包まれて――包んでくれて。

そんな彼を、ずいぶん長く待たせてしまった。

「ゆきとさん……」

彼は英奈の脚を跨いでマットレスに膝《ひざ》をつき、ゆっくり体を倒していく。

宝物でも扱うように慎重に組み敷かれた英奈は、上から降ってきた維人の腕にそっと手を添えた。

その手を、彼のクールな目がちらりと捉《とら》える。

「これは、もっとしていいよって合図ですか？」

「え、っと……」

勇気を出してコクリと頷くと、維人は頬擦りをするように、英奈の茶色い髪が遊ぶこめかみに唇を押し当てた。

「可愛い……」

可愛いなんて甘ったるい言葉は、言われ慣れなくておもはゆいのに、彼がくれるすべてから温かな気持ちが伝わって、心がときほぐされていく。

強張っていた英奈の力が抜けきると、ずるずるとベッドの中央に引き上げられる。靴が足から抜け落ちて、床でコロンと音がしたけれど、気にせず英奈も足の裏でシーツを蹴るように枕の上に辿《たど》り着いた。

素直にベッドに上がった英奈を、彼はぎゅうぎゅう抱きしめて離さない。

「英奈ちゃん……好きです。頑張り屋なところも、ちょっと意地っ張りなところも、恥ずかしがり屋なところも――ありのままの英奈ちゃんの全部が」

ありのままでいいと言ってくれる彼の腕に、英奈もそっと触れて返す。

「わ……わたしも、維人さんが、好きです……」

ありきたりな気持ちを、単純な言葉で伝えるのが今の自分の精一杯。

けれども、それだけで十分だったみたいに、顔をあげた維人の瞳はきらきらしていた。

「夢みたいだ……」

やわらかい唇が重なり、英奈はぎゅーっと目を瞑《つむ》った。

啄《ついば》むような口付けを繰り返しながら、彼が優しく体に触れる。肩から背中へ、背中から腰へ……英奈の存在を確かめるように、服の上から、彼の手が体の輪郭《りんかく》を辿《たど》っていく。首筋に落ちていった維人の唇が肌を濡らし、彼の手が服の中に入り込んだ。

「ん……」

熱を帯《お》びはじめた体を暴かれるのだと、にわかに緊張した英奈の肌よりも、彼の手の平はずっと熱い。

小さく震えた英奈の肌を丁寧に撫でるように、彼の手がお腹から胸元に這い上がった。先端を避けてブラの上から優しく乳房を包まれて、英奈の唇から甘い吐息がこぼれだす。

（どうしちゃったんだろう……なんだか、もう……）

腰の内側が、ズキズキと甘く痺《しび》れている。

ブラからこぼれそうになった乳房に彼の指が沈み、ざらりと粟立《あわだ》った肌を長い指がひと撫でした。

「ふっ……」

ビクリと体を跳ねさせた英奈の耳に、維人がそっと唇を寄せる。

「英奈ちゃんは、気持ちよくなると鳥肌がたつんですよね。あの夜も、そうでしたよ」

「っ……そ、そんなこと……」

自分でも自覚していなかった反応を指摘されて、思わず否定しようとしてしまったけれど、事実は事実。耳のふちにキスを落とされ、彼の手がブラの中に入ってくると、胸だけでなく全身の毛が逆立った。

いつの間にかホックを外されていたブラの内で、硬くなりはじめた先端が彼の手の平で擦れ、堪《こら》えきれずに声が漏れてしまう。

「あっ……」

「あの夜もこうしてたの、覚えてますか？　恥ずかしいって言って、なかなか服も脱がせてくれなかった」

維人は首筋を唇で辿《たど》りながら、英奈の胸全体をやわやわと弄《もてあそ》ぶ。絶えず与えられるゆるやかな快感が邪魔をして、記憶を辿《たど》ることができない。

彼の手で自分の胸の形が変えられていることに、信じられないくらい鼓動が加速していく。

「はぁ……ん、ぅ……」

キスで熱くなった唇からは、返事ではなく甘えた声が漏れるだけ。

（なんで、こんなに……）

体が火照《ほて》ってしかたがない。頭がぼーっとして、思考が全然まとまらない。

英奈はぎゅっと目を閉じて、手の甲を唇に押し当てて声を抑えようとするけれど、硬くなりはじめた先端を押しつぶされては抑えることなどできるはずもない。

「あ、ぁ……」

「俺は、全部覚えてますよ。可愛い声も、表情も。英奈ちゃんが、どこで気持ちよくなるのかも」

陶然と囁《ささや》きながら、維人は親指と人差し指で英奈の胸の頂《いただき》を摘まんだ。

「んぅっ……！」

唇を噛んで声を堪《こら》えても、彼の親指が乳首をそっと擦るたびに、体がビクビク跳ねて呼吸が震えるのは隠せない。

（そこ、だめっ……）

こそばゆいような疼《うず》きが胸の奥から広がって、徐々に下腹部へ広がっていく。腰の内側でもどかしく熱が溜まり、つま先まで力が入って丸くなる。

無意識に擦りあわせていた英奈の脚を、維人が膝《ひざ》で割って開かせた。

「こっちも、触ってほしくなるんですよね」

彼の片手がそっと胸から離れ、スカートをたくし上げて腿《もも》の裏を撫でた。

「やっ……」

内側から溢れ出したいやらしい熱を知られたくなくて、咄嗟《とっさ》に手を伸ばして彼を押し止《とど》めようとする。

けれど、目を開けたすぐそばに彼の瞳があり、視線を絡ませながら腿《もも》をくすぐられると、ゾクゾクと背筋が震えて力が抜けた。

「恥ずかしい？　耳まで赤くなって、可愛い……」

「っ……ん……！」

英奈のささやかな抵抗をかいくぐり、彼の長い指がショーツのきわどい部分をそーっと撫でた。

意識が自分の下腹部に集中すると、そこがどんなに熱を帯《お》びているかがよくわかる。

（やだ、どうしよう……）

こんなふうになってしまうのは、はじめてだ。

過敏に反応する体が恥ずかしくて、英奈はまた目を瞑《つむ》って顔を背ける。すると、彼の指が下着を除けて、濡れた花弁を優しくかき分け、とぷりと秘処に沈み込んだ。

「う、ぁっ……！」

腰の内側がズンと重くなり、英奈は背中を丸めて堪《こら》えきれずに声をあげた。

難なく侵入してきた指は、蜜を絡めながら隘路《あいろ》をゆっくりと行き来して、かすかな濡れ音が聞こえてくる。

「すごく濡れてる。感じてくれてるって思っていいですか？」

「ん……ちが、ぅ……それ、はぁ……あっ……」

これではまるで期待していたみたいで、快感を素直に認めきれない。

けれども、否定的なことを口にする英奈の声は、維人の指の動きに合わせて震えている。

英奈の見え透《す》いた強がりに、維人がフッと笑みをもらした。

「なら、もっと気持ち良くなってもらえるようにしないと」

「う、ぁぁっ……」

軽く折り曲げられた彼の指が、お腹側の一点をゆるゆると擦りはじめる。

同時に彼の黒髪が下がってゆき、カットソーが浮いたブラもろともめくり上げられ、あらわになったふくらみに唇が触れた。

立ち上がった胸の頂《いただき》に濡れた舌が絡みつき、体が一気に熱くなる。

「あ、あっ……うぅん……あ、あぁっ……」

彼の舌がぬるぬると乳頭を転がし、きつく吸う。滲《にじ》み出してくる愛液を泡立てるように、彼は肉襞《にくひだ》を擦りながら英奈の内側を掻き乱している。

自分のものとは思えない嬌声《きょうせい》と、淫猥《いんわい》な水音は大きくなるばかり。

快感の波に合わせて微弱な電流を流されているようで、体がびくびくと反応してしまう。まるで英奈の弱いところを全部知り尽くしているような愛撫に、お腹の深いところがジンジンする。

（やだ……いっちゃう……）

たやすく絶頂の目前まで運ばれている自分が恥ずかしくて、シーツを蹴って抗《あらが》おうとする。悶《もだ》える英奈の体に、彼の腕が巻き付いた。

「ここ、もっとしてほしそうに震えてる」

抜けかけた指が蜜口を撫でつけて、彼の腕の中で英奈はブルリと震えた。

「あっ、ぁっ……!」

ほらねと言うように二本の指が難なく英奈の中に侵入し、蜜口が小刻みにひくついている。増した圧迫感に大きく息を乱しながら、英奈は意味もなく首をぶんぶん横に振った。

二本の指が、蜜壺の中でくちゅりと音を立てて肉壁をことさら優しく撫でながら、慣らすように抜き差しされる。

「痛くないですか?」

少しかすれた優しい声に、胸と子宮がきゅんとする。

維人は、こんなときでも自分を大切に扱ってくれるのだ。

「ん……」

大事にしてくれているのが嬉しくて、英奈が素直に頷くと、維人が胸のふくらみに唇を押し当てて深く息を吐きだした。

「可愛い……全部俺のものにしたい」

唇に押しつぶされた乳房にピリッとした痛みが走ったと思ったら、胸の尖《とが》りが温かな口腔《こうこう》に吸い込まれた。乳首に舌が絡みつき、ちゅくちゅくと小さな音を立てながら吸われたり、扱《しご》くように舐《ねぶ》られたりすると、どうしたって腰が揺れてしまう。けれども、がっしり腰を抱き寄せられているせいで逃げることも叶わない。

「んんっ……はぁ、あっ……」

聞いたことのない甘えた声が、断続的に自分の唇からこぼれている。頭の中までとろけてしまって、自分で自分を制御《せいぎょ》できない。

英奈から発せられる声が甘く切なくなるにつれて、蜜口からたつ濡れ音も大きくなる。優しく抜き差しされていただけの指はすっかり奥までねじ込まれ、熱くなった内側を掻きまわして蜜を溢れさせている。

「英奈ちゃんの中、もうとろとろになってますね。気持ちいい？」

「あっあっ……やだぁ……そこ、だめなの……」

「それだと、もっとしてって言ってるのと同じですよ」

笑みを含んだ優しい声とは不釣り合いな愛撫が、英奈を乱していく。

少し折り曲げられた指が英奈の弱いところを刺激して、舌先は胸の頂《いただき》をこね回すのだ。火照《ほて》った体を捩《よじ》ろうとしたが、腰に巻き付いた彼の腕は逃げることを許してくれず、つま先でシーツを掻くのがせいぜいだ。

けれどもそんな程度では、到底この強い快感はやり過ごせない。それどころか、背後に彼の腕があるせいで、攻めから逃げようとするほどに足を突っ張って力むことになり、波は高まっていくばかり。蜜道がわななき、苦しいくらいの快感の連続に襲われる。

「あっあぁっ……！　もりやさっ……！」

「名前で呼んでくれないんですか？」

いつもより少しだけ意地悪な声は、やけに腰に響いて快感を助長させただけだ。

英奈は本能的に迫りくる絶頂から逃げようとして、必死にイヤイヤと首を横に振り、縋《すが》るように維人のジャケットをぎゅっと掴んだ。

「あっ、やだっ……んんぅっ……だめ、だめっ……！」

「名前、呼んで」

「んんっ、ゆきとさっ……！」

英奈は無意識に目を開けて、懇願《こんがん》の眼差しを彼に向けた。

オレンジ色の明かりに照らされた、維人のダークブラウンの瞳がじっと英奈を捉《とら》えている。

英奈の乳房に形のいい唇が寄せられて、その隙間から覗いた赤い舌が、唾液で濡れた乳首を舐《ねぶ》っている――

「ふっ、あぁあっ……！」

電流がビリビリと背筋を駆け抜け、反射的に閉じた瞼《まぶた》の裏側が明滅する。

震えながら達した英奈は、ぱたりとベッドに沈みきった。

全力疾走したときよりも息が乱れて、全身を巡る血液のスピードが速すぎて眩暈《めまい》がする。体中からドッと汗が噴き出して、額《ひたい》や頬に髪がまとわりついて気持ちが悪いのに、手も脚も痺《しび》れていてピクリとも動かせない。

「英奈ちゃん」

いつの間にか、彼は英奈を真上から包むように抱きしめていた。

自分をすっぽり覆う維人の匂いとぬくもりに、心がじんわりと満たされていく。

頬や額《ひたい》に落とされるキスや、髪を撫でてくれる手が心地よくて、このまま眠ってしまいたくなるくらい……。

「気持ち良くなって落ちかけてる英奈ちゃんも最高に可愛いんですけど……今日は、もうちょっと付き合ってください」

絶頂の余韻で力の抜けきった英奈の体から、するりと服と下着が奪われる。

ひんやりした空気が肌に触れると、途端に心許《こころもと》なくなり、手足を縮めて体を隠した。

「恥ずかしい？　隠さなくても、すごく綺麗ですよ」

悪戯《いたずら》っぽい目をした維人が、笑いながらジャケットを脱ぎ捨て、ネクタイを緩める。

はじめて見るわけでもないのに、彼の首筋が見えただけで動揺してしまい、英奈はそろりと顔を背けてきつく目を瞑《つむ》った。

彼が脱ぎ捨てたシャツがベッドの下に落ちる音がすると、胸を隠す英奈の腕に、彼の指が絡められた。

「見せてください。全部見たい」

まだ力の入り切らない腕を、優しくも強引にほどかれる。

彼は英奈の腰に手を置いて、そーっとその手を上に滑らせていった。

手で触れるだけではなく、肌を維人の目が辿《たど》っていく熱を感じて、ゾクゾクする。

「綺麗ですよ。どこもかしこも、全部綺麗……ひとつじゃ足りないな」

英奈の胸元に唇を埋《うず》めた彼が、肌に吸いついた。

「きゃっ」

ピリッとした痛みに小さく悲鳴をあげると、彼はつけたばかりの赤い印を親指でひと撫でする。

これで自分のものだというように、満足げに目を細めて、彼は味わうように鎖骨《さこつ》や胸元にも口付けていく。花弁のように散らされた印は、彼の所有欲そのものだ。キスマークを付けられて喜ぶ年でもないのに……彼の剥《む》き出しの執着心を、少し、嬉しく思ってしまうなんて。

英奈が自分の胸元に残された印を見下ろしていると、彼の指がするすると腿《もも》の裏側を辿《たど》り、濡れた花弁と、赤く熟れた肉芽を撫でるように擦られて肩が浮いた

「ひぁっ！」

彼の体に阻《はば》まれて脚を閉じることもできず、英奈は唇を噛みながら上体をくねらせる。

「んんっ……う、ううんっ……」

「声、我慢しないで聞かせてください」

髪を乱して首を横に振りながらも、英奈は泣くような声を抑えきれなくなっている陰核を刺激されるたびに、瞼《まぶた》の裏が赤く染まる。引きかけた熱がぶり返すように、お腹の奥がジンジン疼《うず》いて、あちこちに響きながらつま先まで広がっていく。

ピタリと維人の肌が密着し、歯を立てた唇に彼の舌が這わされた。誘惑に負けたように英奈の唇はぱっくり開き、声を遮断する役目を放棄《ほうき》してしまう。

「あ、ぁっ……！」

くちゅりと音をたてて、英奈の中に維人の指が沈められた。

無抵抗に彼の指を呑み込んだ膣壁を擦られて、背筋がしなる。彼はお腹側の一点を刺激しながら、親指で花芽を押しつぶすように揺すりはじめる。

「ここ、気持ちいい？」

「あっ、あっ、あっ……」

答えにならない声をこぼす英奈の髪を指で梳《す》きながら、維人はコツンと額《ひたい》を合わせた。

「気持ちいいって、言ってください。俺の勝手な想像じゃなくて、英奈ちゃんの声で聞きたい」

感じきって喉を鳴らしながら、英奈の心の天秤《てんびん》に、恥じらいと、維人への気持ちが乗せられる。恥じらいがはじけ飛ぶくらいの想いが自分の中にあると気付き、英奈は彼の背にぎゅっと腕を回した。

「あっ、んんっ……きもちっ……いっ……ゆ、きとさっ……」

「はぁ……」

英奈の腕の中で、維人が小さく身震いする。

「可愛すぎませんか……」

ぼそりとこぼして、彼は不意に身を起こした。

彼のぬくもりが離れると心細くて、乱れた呼吸を繰り返しながら視線をさまよわせた英奈の耳に、カチャリとベルトを外す音が届く。

にわかに緊張が走ったのは一瞬で、再び維人の熱に覆われると、強張りかけた体から力がどんどん抜けていく。

好きな人の体温に、心が溶かされていくのを感じる。

真上から英奈を見下ろす瞳が、甘い色を浮かべていた。

「していいですか」

「は、い……」

コクリと頷いた英奈の内腿《うちもも》を、彼の手が優しく押し広げる。

ぐっしょりと濡れたそこに、薄い膜に覆われた漲《みなぎ》りが擦りつけられ、蜜を絡めた先端が英奈の入口を圧迫した。

「あっ、うぅん……」

異質な熱が、英奈の中を慣らすように、抜き差ししながらじりじり奥へと進んでいく。指とは比べものにならない質量に、潤った膣壁が押し広げられ、体の中が埋められていく。

呑み込んだ漲《みなぎ》りの存在感に圧倒されたお腹の中が重くなり、カーッと体温が上昇した。

隙間なく埋め尽くされた蜜道が擦られるのは苦しいくらいの快感で、じっとしていられなくなる。上体をくねらせる英奈の腰をぐっと掴んで、維人が荒い息を吐きだした。

「っ……痛くない？」

「あっ……んっ、うう……だい、じょ、ぶ……」

維人が体を倒して、絞り出すように返事をした英奈の髪を撫でる。乳房が胸板に押しつぶされて、彼のぬくもりが伝わってきた。

「繋がってるの、ちゃんとわかりますか？」

「ん……わか、ります……」

自分の中に埋められた硬くて大きな異物が維人なのだと、言葉にして認識すると、英奈の内側はきゅんと疼《うず》くように波打った。

「英奈ちゃん……挿れただけで、そんな顔してくれるんですね……可愛い。あぁ、俺でないとだめな体にしたい……」

「——あっ……！」

ズンと一番奥を突かれ、英奈の肌が粟立《あわだ》った。

そんな深いところを突き上げられたのははじめてで、経験したことのない熱が腰の内側に蓄積されていく。維人は腰をピタリと押し付けたまま動いてもいないのに、絶えず弱い電流を流されているように、体の芯がビリビリ痺《しび》れる。

背中を浮かせて胸を波立たせる英奈を、彼はじっと見下ろしていた。

「ここが好きなんですか？　中、すごい反応してる」

「あっ、んんっ……それは、ちがう、ちがうの……」

「そうですよね。英奈ちゃんは嫌なのに、体が勝手に気持ちよくなるんですよね」

クスッと笑って、維人がゆっくりと腰を送りはじめる。

硬く熱い漲《みなぎ》りに、絡みつく肉襞《にくひだ》を擦られると体の芯が燃えるように熱を帯《お》びる。軽く抜き差しされているだけなのに、繋がったところから粘着質な音がして、掻きだされた愛液が肌を伝ってシーツに滴《したた》り落ちていく。けれども、それを止める手立てなど英奈にはなくて、注ぎ込まれる快感に呑まれるだけだ。

時折最奥を突き上げるようにグッと腰を押し付けられると、英奈はいっそう高い声をあげてしまう。違うなんて口だけで、そこを突かれるのは腰が浮くほど気持ちがいい。

「あっ、うぅん、あぁ……」

「感じてる顔、たまらないな……綺麗ですよ、英奈ちゃん」

上体を起こした維人の視線を、全身に感じる。けれど、今の英奈には、自分がどんな顔をしているかなんて気を回す余裕はない。

英奈が悶《もだ》えるのに合わせてたぷたぷと揺れる乳房を、維人の大きな手が外側からすくうように掴み、痛いくらいに立ち上がった乳首を親指の腹で押しつぶす。二つの快感が体の中でぶつかり合い、英奈は体を海老反りにして喘《あえ》ぐ。

「あっ、あぁっ、だめ……そこ、だめなのっ……！」

「嫌いじゃないですよね。こんなに締まるのに……」

維人がわずかに抽送《ちゅうそう》を速め、背を反らして突き出すようにされた英奈の胸に食らいつく。硬く尖《とが》った乳首をぬめった舌で舐《ねぶ》られると、蜜をこぼす花芯が波立ち、維人の言葉を素直に認めてしまう。唾液で濡れた乳首を指でこね回させ、反対側の胸を揉みながら先端を舌と口蓋《こうがい》で扱《しご》き上げられ、沈めた楔《くさび》で蜜道を擦られては、英奈は呼吸さえもままならない。

揺さぶられ続ける体は、また絶頂の目前まで運ばれて、眦《まなじり》からは心情とは真逆の涙が溢れてくる。

「あぁっ、だめ、またっ……ゆき、とさっ……いくっ……あぁぁっ……！」

「っ……」

ガクガク震えながら果てた英奈の体が弛緩《しかん》すると、維人も荒い呼吸を吐きだして動きを止めた。彼は、英奈の汗ばんだ頬に貼り付いた髪をそっと払ってから、涙のあとを指先で拭った。

「苦しかった？」

「ん……きもち、よすぎて……」

嫌だったわけじゃないと理解してほしくて、素直に気持ちを口にする。英奈の声は少しかすれて、乱れた息のせいで途切れ途切れで聞き取りにくかっただろうけれど、維人にはちゃんと伝わったようだった。

「それ……すごい殺し文句ですね」

長い指が顎《あご》にかかり、ほんの少し上向きに持ち上げられる。

啄《ついば》むような口付けを受け入れながら、英奈も腕を伸ばして彼の背中に触れた。

口腔《こうこう》に入り込んだ彼の舌が、英奈の舌をつーっと辿《たど》りながら、一番深いところを突くように腰を揺すられて、二人の荒い息が混ざり合う。

彼の片手が英奈の脚をさらに大きく開かせ、より深くまで肉杭《にくくい》が沈められる。限界まで咥《くわ》え込んだ漲《みなぎ》りに奥の奥を突かれると、媚肉が悦《よろこ》びに打ち震えたようにねっとりとうねった。

「あぁ、すごいな……感じてるの、伝わってきます」

「んっ、あぁぅ……だって……ゆきとさんがっ、あぁっ……」

「そう、俺に抱かれてるんですよ、英奈ちゃんは……俺に突かれて、気持ちよくなってる……」

　維人が英奈の背中を抱き寄せ、しがみつくようにして腰を打ち付けはじめる。

　この体はもう自分のものだというように、奥まで彼の形を刻みつけているみたいに。

　突き上げられた子宮口から響く痺《しび》れは頭蓋骨の中まで到達して、英奈をさらにとろけさせた。肌と肌がぶつかると、粘った淫猥《いんわい》な濡れ音に、甲高い英奈の喘《あえ》ぎ声が絡んで部屋に満ちる。熱いくらいの体温が混ざり合い、二人の体が汗ばんでいく。

　うっすらと濡れた胸板に揺れる乳房が擦られて、英奈の蜜路はまた蠢《うごめ》きながら維人に絡みついた。

「あっんんっ、ゆき、さっ……また……やっ、また、きちゃう……！」

「いいよ、いって」

　英奈を抱き寄せる彼の腕に力がこもり、英奈もきつく維人にしがみつく。

　ふわっと浮遊感に包まれて、白い光が目の前で弾《はじ》けた。

　声もなく、大きく息を吸い込んで果てた英奈が脱力しそうになっても、維人はもう止まってくれなかった。達したばかりの蜜路を、彼の屹立《きつりつ》が容赦《ようしゃ》なく犯していく。

「あっあっ、待って、まだっあぁぁぁっ……！」

「もう待てない」

抽送《ちゅうそう》が加速して、英奈は維人にしがみついていることすらままならなくなる。乱れたシーツの上に落ちた英奈の手に、維人の指が絡まった。

「英奈ちゃん……」

指を絡めあって繋いだ手に、互いにぎゅうっと力を込めて、呼吸を乱れさせながら、夢中で唇を貪《むさぼ》りあう。

舌も性器も、体のすべてを重ね合って、あなたが好きだと伝えようとする。

ぐちゃぐちゃになった接合部がとろとろに溶けて、二人が一つになったように、気持ちが繋がっていく。

「あ、あぁっ――……！」

ひときわ強く奥を突かれ、目の前が赤く明滅する。

「っ……！」

きつく維人にしがみついた英奈の耳元で、短い呻き声が吐きだされた。

重くなった腰の内側で、硬い肉杭《にくくい》がビクンと震え、彼の動きが完全に止まった。つま先や指先まで甘い痺《しび》れが広がって、体がいつもの何倍も重い。目を開けるのも億劫《おっくう》だ。

それは、維人も同じなのかもしれない。

荒い呼吸を繰り返す彼の胸板から、速い鼓動が伝わってくる。けれど、それを真下で感じる英奈の鼓動も、同じくらい速くって、きっと同じように維人にも伝わっているのだろう。

「英奈ちゃん……」

少しだけ体を起こした維人に、優しく髪を撫でられて、頬や唇に触れるだけのキスが落ちてくる。くすぐったい気持ちでそれらを受け止めている英奈の口元は、すっかり緩んでいた。

「維人さん……」

満たされた気持ちで彼の名前を呼ぶと、フッと笑った息が肌をくすぐり、維人は英奈の首筋に顔を埋《うず》めた。

「維人さん……？」

「いや、ちょっと幸せすぎて……」

彼の声には、英奈がはじめて耳にする響きがあった。

それが照れだと気付くと、英奈の胸の奥に、じんわりとあたたかい感情が湧きあがってきた。

ギシギシ軋《きし》む腕を伸ばして、英奈は自分の首筋で遊ぶ黒髪をそっと撫でて、満たされた気持ちで目を閉じた。

この幸せな時間がずっと続けばいいと心から願いながら、英奈はゆっくりと夢の中に落ちていった。

◆ ◇ ◆

「ん、んー……」

寝ぼけた唸《うな》り声をあげながら、すべすべのシーツの上で平泳ぎでもするように手足を伸ばして、英奈はぱちりと目を開けた。

伸ばした手が、ぎゅっと握られている。

握っているのは、隣で横になっている維人だ。

英奈の背後から射す朝日に照らされた彼の目が、英奈を映したまま、すーっと眇《すが》められていく。

「おはよう」

優しく微笑む彼の表情はいつになく甘くて、なんだか無性に恥ずかしい。

頬が熱を帯《お》びて、英奈はカタツムリのごとく、モソモソと布団の中に鼻先まで潜り込んだ。

「おはようございます……」

自分でもびっくりするほど小さな声で返した英奈に、維人はフッと笑いながら茶色い髪を撫でた。

「疲れてませんか？　いつも英奈ちゃんは、日曜も六時には起きるのに、今日はぐっすり寝てましたね。可愛い」

「そそっ、そ……」

脈絡なく飛び出した『可愛い』は、一瞬心臓が止まるくらいの破壊力だった。ごまかしようもないほど照れてしまった英奈の額《ひたい》に、維人がシーツの上で身を倒してちゅっとキスをする。

（守谷さん、わたし、恥ずかしくて限界です……）

湯気が出そうなくらい熱い顔を、枕に擦りつけるようにして隠す。

起き抜けからこれでは、心臓に悪い……

「えっと……今何時ですか？」

「八時前ですね。まだゆっくりしてて大丈夫ですよ」

「維人さんは、何時に起きたんですか？」

「六時くらいかな。英奈ちゃんの可愛い寝顔を見てたら、二時間くらいあっという間でした」

人の寝顔って、二時間も見ていられるものだろうか……

「お、起こしてくれてよかったのに……」

「隣で英奈ちゃんが寝てるのが嬉しくて、つい」

満ち足りた維人の表情を見て、はっとした。

去年のクリスマスの朝。

もし、英奈が逃げ出さなかったら、今みたいな甘い朝を迎えていたのだろうか？

そうだったかもしれないし……そうではなかったかもしれない。

だってあのときは、英奈の気持ちは、ここまで育っていなかったから。

彼がずっと英奈を好きでいてくれたとしても、最後までしていないとはいえよく知り合いもせずに一夜の過《あやま》ちを犯したという英奈の後悔は、繊細な維人にも伝わって、きっと気まずい空気になってしまっただろう。あのときも素敵な人だと思ったけれど、今は、別れる想像をしただけで泣いてしまうくらい、彼が好きだ。

だから、維人の幸せそうな笑顔に、英奈もこんなにも幸せを感じる。

(昨日、維人さんが言ったみたいに、やっぱりこれでよかったのかも)

彼を置き去りにして傷付けたぶんは、これから、少しずつ愛情で返していきたい。

もう、いなくなったりしない。ちゃんと、ここにいる。

そう伝えるように、握られた手をぎゅっと握り返す。

彼の笑みに幸せそうなやわらかさが増して、英奈も掛け布団に顔を半分隠したまま、満たされた気持ちで頬を緩ませた。

22

朝のルーティーンである、会社の休憩室でのコーヒータイム。

深夜に届いていたエリカからのメールを読みながら、英奈はふと、休憩室の窓から隣のビルを見上げた。

――あの週末の事件が発端《ほったん》となり、健吾はネット上で「教え子と不適切な関係をもったばかりか、金銭を巻き上げた高校教師」と大炎上。

顔や名前や住所が流出して、自宅にも帰れない事態となっているらしい。

けれども不思議なことに、刺されてアスファルトに倒れる健吾の画像は出回っても、血まみれのカッターナイフを握る藍夢の写真や名前はまったく出てこない。

それればかりか、近くにいた英奈と維人も、まるでそこにいなかったように話題にのぼらないのだ。

（たぶん……維人さんが関係してるんだよね？）

彼に訊いてもニッコリ笑うだけで答えてくれないけれど、答えないのが答えだと英奈は思っている。維人は、英奈はもちろん、藍夢もこれ以上傷付かないように手を打ってくれているのだ。

(どういうカラクリなのかは、さっぱりだけどね……)

手段はどうあれ、維人が英奈を守ってくれているのは間違いない。

海外にいるエリカは、健吾の噂を高校時代の別の友人経由で耳にしたらしく、英奈を心配して連絡してきてくれたのだ。

話の流れで、今は新しい彼ができて、健吾とも関わっていないと伝えたのだけれど——

『わたしが招待したコンサートで再会して恋がはじまったなんて、わたしが恋のキューピッドってことね！　結婚式には呼んでよ！　知り合いの奏者たちに声を掛けて、生演奏で花を添えるから！』

どんな規模の披露宴を想定しているのか……

エリカなら本当にやってしまいそうで、リアルすぎる想像が浮かんで笑ってしまった。

(というか、気が早いよ、エリカは。結婚するなんて、一言も言ってないのに)

「なんだー余裕そうだなぁ。ニヤニヤして」

「あ、主任。おはようございます」

隣から声をかけた主任の碇に挨拶すると、彼は両手でファイティングポーズをきめて見せた。

「プレゼン、昼からだな。頑張れよ！」

「はい」

そう、今日はいよいよ社内会議当日だ。

資料は完成しているし、プレゼンの練習もたっぷりした。

それに――昨日到着した試作品。

機能もデザインも妥協せず、靴紐《シューレース》にまでこだわって、安全に走るための工夫が凝らされたランニングシューズだ。

英奈が母からもらった靴とはデザインも機能も違うのに、手にした瞬間、母との約束がよみがえった。

陸上を辞めたことは後悔していないし、あのときの自分にできることは全部やりきったと今でも思っている。けれど、なんとなく宙に浮いたままになってしまった母との約束を、これで果たせるような気がするのだ。

だから、今度こそ。

「西さんもすごく頑張ってくれたし、わたしもやりきらなくちゃ」

言い聞かせるように英奈が頷くと、碇もうんうんと首を縦に振った。

「気合い十分だな。よし、企画が採用されたら、缶コーヒー奢《おご》ってやる。サラリーマンのなけなしのこづかいから捻出《ねんしゅつ》する缶コーヒー代は、料亭の会席並みだからな～！」

碇につられて笑っていると、血相を変えた西が休憩室に飛び込んできた。

「大変です！　葉月さんの企画の靴が、なくなってます……！」

大急ぎで英奈たちも企画部に向かった。

しかし、西のいうとおり、試作品があるはずのロッカーの中に、英奈の企画のランニングシューズはなかった。

「昨日、ロッカーに鍵かけたのは西なんだよな？　で、西が帰る前には、試作品はここにあったんだな？」

「ありました！　ちゃんと試作品をここに置いて、ロッカーに鍵をかけて、鍵は部長のデスクのうしろのキーボックスに入れたのに……」

プレゼン前の試作品は、部内のロッカーに収納されて、厳重に保管される決まりだ。

昨日、西がロッカーに鍵がかかっているか何度も確認して、鍵を決められた場所に戻したのを英奈も見ている。それなのに……

「なんでなくなったんだよ……」

碇が苦々しく歯の隙間から呟きながら、ちらりと多比良のデスクに目をやった。

多比良はまだ出社していないけれど……彼は、ロッカーのスペアキーを持っている。

英奈は多比良に目を付けられているし、こういう嫌がらせを彼は平気でやりそうだ。

だけど、確証はないし、問いただしたって無駄だろう。

「試作品なしでプレゼンは……かなりキツイな。次に回すか？」

碇の言うように、試作品なしでプレゼンに臨んだところで、試作品を紛失したなんてあり得ない失態を自ら晒《さら》すだけ。企画を次の会議に回す判断が、今の選択肢の中で最善といえるかもしれない。

(だけど……)

諦《あきら》めたくない。

「工場に連絡してみます。B品が出てるかも」

試作品を作る過程で、B品が出ていないとは限らない。今は、その可能性に賭けるしかない。

英奈は早速、工場の担当者に試作のB品が出ていないか問い合わせた。

「ある？　一足あるんですね？　あの、今から取りに行きます――！」

受話器を置くなり、英奈はデスクの下から引っ張り出したランニングシューズに履き替えて、バッグを掴んだ。

「工場に行ってきます。西さん、プレゼンまでには絶対戻ってくるから、準備お願いしてもいい？」

「まっ、任せてくださいっ！」

力強い西の返事に背中を押されるように、英奈は会社を飛び出した。

やれることは全部やろう。当たって砕けることだってあるけれど、挑戦する前から諦《あきら》めてしまったら、いつまで経っても夢なんて掴めないままだ。

◆◇◆

息を切らした英奈が会社に戻ったのは、十三時過ぎ。

キッピング本社の大会議室には、すでに今日の会議に出席する面々が揃っているはずだ。

汗だくになった英奈が大会議室のドアの前に辿《たど》り着くと、不安そうに周囲を見回していた西がパッと顔を輝かせた。

「葉月さん！　間に合ってよかったぁ！　試作品、無事確保ですか⁉」

「うん、確保。ソールの歪みがちょっと気になるけど……許容範囲内だと思う。順番まだだよね？」

西が手渡してくれたミネラルウォーターで喉を潤しながら尋ねると、彼女はひとまとめにした髪を揺らしながら大きく頷いた。

「葉月さんの順番は、予定どおり次です」

「課長は？」

「それがあのセクハラオヤジ、会議に出席してないんです！　常務もいないらしくって……でも会長が代わりに来てて、誰も突っ込まないからそのまま進んでるって感じです。なにかあったんでしょうけど、どうなってるのか、主任も知らないって」

多比良と常務がいないなんて、いったいどういうことだろう。

西と二人で首を捻《ひね》っていると、会議室から碇が顔を出した。

「間に合ったな、葉月。入ってスタンバイな。やったれよ」

「葉月さん、頑張ってください！」

「うん――任せて！」

諦《あきら》めないと決めたからか、駅から会社まで全速力で駆けたせいか、いつになく気持ちが軽やかで、心が素直だった。

◆◇◆

はーっと息を吐きながら、英奈は休憩室で冷たい紅茶を飲んでいる。

思い出しただけで、頬が緩んでしまいそうだ。

『いいね。カラーバリエーションをデザイナーと相談しつつ、早急に試用も進めて。できるだけ早めに商品化したい』

無事、英奈の企画が商品化されることが内定した。

もちろん、もう少し低コスト化するよう課題を出されたし、試用で出てくる改善点もあるはずだ。それらすべてをクリアしなければならないのだから、まだまだ前途多難。

だけど、大きな一歩を踏み出せた。

会議が終わると西は泣いて喜んでくれて、今は滲《にじ》んだアイラインのお直しに行っている。

英奈は、休憩を取って、維人に連絡しようとメッセージ画面を開いていた。

今日までずっと応援してくれた維人に、早く報告したい。

『プレゼン、うまくいきました！』

（……って、味気なさすぎ？）

舞い上がってしまっているせいなのか、なんと書いたらいいかまとまらなくて、文章を作成しては書き直しを繰り返す。

「葉月、お疲れー。やったな！」

隣にやってきた碇が、英奈の前にコトンと缶コーヒーを置いた。

「本当に買ってくれたんですね。ありがとうございます」

「あとで西にも買ってやらないとな。それにしても、工場まで試作のB品取りに走っただけあったなぁ！」

「本当に、採用してもらえて嬉しいです。そういえば、多比良課長はどうしたんですか？今日は欠勤ですか？」

カウンター席のテーブルに肘《ひじ》をついて、碇がニヤリと笑いながら首のあたりで手を振った。

「アイツ、昨日付けで飛ばされたんだと」

「飛ばされた？」

「大きな声では言えないんだけどな――」

多比良は創業者一族の入り婿で、これまで横暴が許されてきたのは、創業者一族本家の出身である常務と深い繋がりがあったからだそうだ。

しかし、詳細は公表されていないが、常務と多比良は会長の機嫌をひどく損ねてしまったらしく……多比良は平社員として、常務も役職を解任のうえ海外転勤の辞令が昨日下されたのだとか。

「ま、事実上の左遷だよな。ちょっと前から会長の指示で、二人を飛ばす計画が進行してたらしいぞ。やましいことがあるだけに、あの二人も従うしかなかったみたいだな～」

「えぇ……なにをしたらそんなことになるんですか？」

「いやぁ、すでに満塁ホームランだって。このご時世にセクハラ、パワハラ、それをもみ消しだからな。クビにされなかっただけ温情かけてもらったくらいだろ～。俺もチラッと聞いた話なんだけど、どっかのお偉いさんが、常務と多比良の接待名目での豪遊やら、会社での横暴を、会長の耳に入れたんだとさ」

どうしてだか、英奈は暗くなったスマホの画面を、碇から隠すように伏せた。

……維人が無関係ではない気がするのは、考えすぎだろうか？

（ううん、維人さんならやるよ、それくらい）

彼は誠実な人だし、外部の人だからさすがに企画の採用までは手を回していないはずだけれど、彼のリサーチ能力の高さと根回しには、驚かされてばかりだ。

「それにしても、葉月は変わったよなぁ」

「え？」

宙を睨んでいた英奈に、碇は陽気に笑いかける。

「ほら、葉月は人のことには一生懸命なのに、自分のことになると、あんまり必死にならなかっただろ？　我慢強いがゆえに、諦《あきら》めが早いっていうか」

「そうですか？」

「そうそう。自分が我慢すればいいかって、すぐ相手に譲ったり合わせたりして。ほかのやつの企画で葉月の意見が採用されたときだって、本当ならプロジェクトの中心に入れるのに、似たような意見も出てたからってベテランに譲ったりして。よくあったろ、そういうの」

諦《あきら》めて相手に合わせたり譲ったりしたつもりはなかったけれど、碇が言うようなことは、思い出せるだけでもいくつもある。

「この企画も、途中で多比良に嫌がらせされたとき、葉月は諦《あきら》めるかもと思ってたんだ。でも、『やります』って自分で決めて、今日も工場まで行ってきただろ？　変わったんだなって思ったよ」

英奈は自然と顔を上げて、隣のビルを見上げた。

自分が変わったのだとしたら、きっかけは維人だ。

『忘れられない』

ありのままの英奈を好きになって、追いかけて来てくれて。

諦《あきら》めない粘り強さも時には必要だと、維人が教えてくれたのだ。

◆◇◆

いつもと同じように維人の車に乗り込んだ英奈は、プレゼンより緊張していた。

それは、これから維人が企画採用のお祝いでディナーに連れて行ってくれるからではない。

何度も頭の中で練習したとおりに、シートに座って、ドアを閉めて、シートベルトを締める。いつになくゆっくりした動作でそれらを終えると、英奈は勢いよく維人を呼んだ。

「あの、維人さんっ」

「はい」

普段と違う英奈の態度に、維人は不思議そうな顔をしている。

首を傾げた彼の目をまっすぐ見つめながら、英奈はスカートをぎゅっと握り締めた。

勇気を出して、伝えるのだ。

「……ありがとう」

「え?」

「わたしを、追いかけて来てくれて……ありがとう、ございます。隣に引っ越してきたのは、びっくりしたけど……諦《あきら》めないでくれて、嬉しかったです。だから、これからは、わたしも維人さんを幸せにできるように、頑張りますから……!」

百本ものバラは用意できそうもないし、彼へのサプライズなんて考えつかなかった。

だから、せめて気持ちは素直に伝えようと思ったのだ。

(だけど『頑張ります』って、なんの決意表明……!)

切り出しておいて自分で恥ずかしくなっていると、維人はフッと笑って、ハンドルから手を離して英奈に向きなおった。

「それは、プロポーズですか?」

「えっ」

プロポーズなんて、そんなつもりはまったくなかった。だけど言われてみれば、今の告白はそう聞こえなくもないような……。

カァッと顔が熱くなり、慌てて身振り手振りで否定する。

「ちっ、違うんです！　あのっ、今日、上司から『葉月は最近いいふうに変わった』って言われて、それは維人さんのおかげだなって思って、逃げたわたしを追いかけてきてくれたから、わたしも諦《あきら》めない勇気をもらったっていうか、だからその、維人さんに感謝を伝えたいなって——」

彼の人差し指が、英奈の唇に優しく押し当てられる。

「違うなら、俺から正式にしますね」

維人がすーっと目を細めて、英奈の左手を持ち上げる。

慌てる隙もなく、彼がジャケットから銀色のリングを取り出す。

リングにあしらわれた大粒のダイヤモンドが、車の室内灯に照らされて、眩《まぶ》しいくらいの輝きを放っている。

けれども、ダイヤよりも、英奈の視線は維人の目に吸い寄せられる。

宝石みたいにキラキラした瞳が、英奈だけを映してくれている。

「葉月英奈さん。好きです。ずっと前から。この先も、ずっと一緒にいてほしい。だから、俺と、結婚してくれますか？」

「――はい」

ほんの一瞬だって迷わなかった。

英奈がコクンと頷くと、左手の薬指にぴったりのサイズの指輪が嵌《は》められた。

維人からのたっぷりの愛情が具現化して結晶になったみたいに、きらめく大きなダイヤモンドは、ずっしりと重量を感じる気さえする。

「わぁ……綺麗」

「英奈ちゃん」

指輪を眺めていた英奈の頬を彼の手が包み、そっと上向かせる。自分からも少しだけ身を乗り出して、英奈はキスを受け入れた。

この一週間ですっかり慣れたと思っていたのに……今夜のキスは特別甘い。

やわらかい唇が重なるのも、粘膜が触れ合うのも、舌が絡まるのも、全部が気持ちよくて、英奈をとろけさせるのだ。

英奈の唇をチュッと吸って、額《ひたい》をこつんと合わせた維人が息を漏らした。

「食事、行きましょうか。そのあとの予定が、待ち遠しい」

言外《げんがい》に込められた含みに、ジリジリと顔が熱くなってくる。

今夜は、寝かせてもらえないかもしれない。

だけどそれを喜ぶように子宮がキュンとして……英奈も、ついつい素直に頷いてしまう。

再び甘いキスが英奈を襲って、それはどんどん深くなる。

「ん……維人さん、食事、行かないんですか……？」

「もう少しだけ。夢かもしれないから」

冗談っぽい維人のセリフに、英奈もつられてくすりと笑った。

これからはじまる、夢みたいな恋の続きに思いを馳せて、二人は幸せなキスを交わした。

番外編

空港の国際線ターミナルで、英奈はスマホを握りしめ、周囲に視線を走らせる。

（着いたって言ってたんだけど……）

維人と同じ飛行機に乗っていた乗客たちなのか、人がドッと流れ出してきて、彼の姿をうまく探すことができない。

彼が海外に旅立ったのは、今から十日前のことだった。これから始動するプロジェクトの関係で、外せない海外出張だったのだ。

八月の最後の日曜日で、海外旅行に出ていた旅行客が駆け込みで日本に戻ってきているのか、空調が効いているはずのターミナルの中は人いきれで蒸し暑いくらいだ。

少し伸びた髪を襟足《えりあし》でまとめているけれど、首のうしろに汗が浮かんでいる。

(車で待っておいて、エアコンを効かせておいたほうがよかったかな?)

そうしようかとも思ったけれど、早く彼に会いたかった。

十七時の到着だから、もう少し涼しいかと思ったけれど、当てが外れた。

きょろきょろと周囲を見回す英奈の耳に、耳慣れた声が届いた。

「英奈ちゃん」

「維人さん!」

キャリーバッグを引く維人に駆け寄る。

十日ぶりに会う維人は、英奈の体をほんの一瞬、ぎゅっと抱き寄せた。

人目もはばからない抱擁《ほうよう》に、ジワリと頬に熱が集まる。

「ただいま」

「……おかえりなさい」

そのままキスされてしまいそうな距離で、甘い瞳が英奈を見つめていた。

たった十日だったけれど、彼も英奈を恋しがってくれていたのかもしれない。

そう思わせるくらい、情熱的なダークブラウンの瞳が英奈の胸を高鳴らせている。

「……あのさ、俺がいるの忘れてない？」

「み、三葉さんっ……！」

維人の背後から顔を覗かせた三葉に、英奈は飛び上がった。

彼の存在を、すっかり忘れていた……

海外出張は、維人だけでなく、共同経営者の三葉も同行していたのだ。

三葉は「まぁいいけどさ」と言いながら、片手でスマホを操作しはじめる。

「あ、北浦《きたうら》さんからの連絡来てる。転送しといたから、休みの間に確認してね」

「わかった——あぁ、原田《はらだ》さんから電話だ」

維人は、震えるスマホをズボンのうしろのポケットから取り出して、取引先からの連絡に出た。

英奈を気遣って少し離れていった維人に代わって、三葉が話しかけてくる。

「由梨乃ちゃんの結婚式のほうは、準備どうなってるの？」

「順調ですよ。この間、由梨乃ちゃんのドレスの試着に付き添ったんですけど、どれもすごく似合ってて。お色直しは三回するかもって」

三葉は大きな目を丸くして驚いていたけれど、「由梨乃ちゃん、派手好きだからなぁ」と笑った。

「それで、本当に英奈ちゃんの知り合いの楽団呼んじゃうの？」

「その予定です」

クラシックに造詣《ぞうけい》の深くない英奈や維人と違い、由梨乃は自身もピアノとフルートを演奏できる。

結婚式の入場は絶対に生演奏がいいと婚約者を困らせていた由梨乃に、英奈は「知り合いにバイオリン奏者がいる」とエリカを紹介したのだ。エリカはもともとイベントごとが大好きだから、話はトントン拍子《びょうし》にまとまった。

由梨乃の結婚披露宴は、ＢＧＭがオーケストラのフル生演奏という華やかなものになる予定だ。

「維人さんのご両親も、まさか実現するなんてって驚いてました。今から来月のお式が楽しみですね」

英奈がその様子を思い出してクスリと笑うと、三葉はなんだか嬉しそうに表情を緩めた。

「なーんだ。思ったよりうまくやってくれてるんだ」

「え……？」

「英奈ちゃんと付き合いはじめてから、維人君、実家とうまくいってる感じがする。前は、由梨乃ちゃん以外とは疎遠《そえん》って感じだったから。それに、維人君さ。英奈ちゃんと電話したり、一緒にいるとき、すごく幸せそうなんだよね」

冷やかされているわけではないようだけれど、なんだか気恥ずかしい。

だけど、ほかの人の目にも維人が幸せそうに映っているのは、嬉しくもある。

三葉の表情は、大型犬みたいな人懐っこくも優しい人柄が滲《にじ》んでいた。

「これからも維人君のこと、幸せにしてあげてね」

この人は、維人のことを本気で心配しているんだ。

三葉は維人を「親友」と言ったけれど、彼にとって、維人は家族みたいな存在なのかもしれない。

大学時代からともに過ごしてきた維人の幸せを、彼は心から願っている。だから、英奈には厳しいことを言ったのだろう。

だけど今、三葉は大事な家族を英奈に託してくれた。

胸の奥が痺《しび》れるくらいの気持ちが伝わってきて、英奈は力強く頷いた。

◆　◇　◆

帰宅の車中、英奈の危なっかしいハンドルさばきに、維人は文句ひとつ言わなかった。

そんな彼は、家に到着すると、顔を洗って早々に荷解きをはじめた。

テキパキと洗濯物を洗濯機に放り込んだり、スーツをマンションのクリーニングサービスに出したり、英奈が手を貸す隙もない。

「そういえば、由梨乃から聞きました。楽団が来るって」

英奈がアイランドキッチンの広々としたワークトップでレタスをちぎっていると、維人がキッチンにやってきた。

「そうなんです。生演奏なんて、すごく豪華ですよね」

維人を振り返ると、彼は空港の自動販売機で購入した、飲みかけのペットボトルの水を冷蔵庫に入れている。

一緒に暮らしはじめて、三ヵ月。

ぬるい水は苦手。食事のときには、ジュース類は飲まない。

お酒は特別なときだけで、晩酌《ばんしゃく》はしない。

ひととおりの家事はできるけれど、料理だけはできなくて、だけど朝のコーヒーにはこだわりがあって、淹《い》れるのは彼の役目だ。

彼の新しい一面を知るほどに、彼を好きになっていく。

冷蔵庫のドアを閉めると、彼は振り向いた英奈の頬にそっと唇を寄せた。

——それから、彼はこうやって、すぐにキスをしてくる。

「俺たちもやりますか？　生演奏の入場」

「わたしは、そこまではいいかな……」

英奈たちは、親しい身内だけを招いたこぢんまりした式の地味婚にしようと決めていた。

結婚式に特別なこだわりがあるわけではないのだけれど……知らない人たちが大勢集まる立派な結婚式なんて、英奈も父も、緊張してしまいそうだから。

維人も英奈の考えに理解を示してくれて、それでいいと言ってくれている。

「十月が待ち遠しいな。早く英奈ちゃんを、婚約者から、奥さんにしたい」

(奥さん……)

今のはさすがにドキリとした。

英奈たちは、十月に入籍する予定でいる。

英奈の父は、維人を信頼しきっていて結婚に乗り気だし、維人のご両親も、彼が家庭を築くことを喜んでいる様子だ。由梨乃はすごくいい子だけれど、ものすごく策士な一面もあり、自分の結婚式を前倒しにして準備に英奈を巻き込み、英奈たちの式の準備も猛スピードで進めていくのだ。

ここにきて、急激に外堀を埋められている日々で、まだ気持ちが追い付いていなかったけれど……維人の声で『奥さん』と聞いて、心は素直にときめいている。

「今日の夕飯は？」

維人はそう言いながら、エプロンをつけた英奈の背後から、お腹のあたりに腕を回した。

十日ぶりの彼の熱を背中に感じて、一気に顔に熱が集まった。

「今日の夕飯は、お刺身と、ほうれん草のお浸《ひた》しと、お豆腐のお吸い物、それからシイタケの肉詰めで――」

海外帰りは、日本の家庭的な料理が恋しいとエリカからよく聞かされていたから、手の込んだものでなく、食べ慣れたメニューにしたつもりだ。

下ごしらえもほとんど済んでいて、あとは焼いたり温めなおしたりするだけ。彩《いろど》りにミニサラダをつけようと、レタスをちぎっていた。

そう付け加えようとした英奈の首筋に、維人が音をたてて唇を押し当てる。

「っ……維人さん……？」

「会いたかった」

ストレートな愛情表現に、英奈の頬は緩んでしまう。

胸の奥から、彼への想いが溢れてくるみたいだった。

首筋にキスをする維人を、英奈はゆっくりと振り返った。

「……わたしも、会いたかった」

顔をあげた維人が、驚いたように目を瞠《みは》っていた。

けれど、それは一瞬のことで、いつものように目をすーっと細めた彼は、うしろから英奈の唇を優しく奪った。

目を閉じると、唇のやわらかさと、彼の肌の匂いをはっきりと感じる。

この十日間、恋しくてしかたがなかった彼のぬくもりを噛みしめる。

お腹に巻き付く彼の腕に触れると、唇を重ね合わせるだけのキスが、たちまち深いものに変わっていく。

二人の吐息がぶつかって、鼓動がどんどん加速する。彼の舌を受け入れると、膝《ひざ》が震えて、お腹の奥で熱が渦を巻くように体が火照《ほて》りはじめた。

（どうしよう……こんな場所で……）

けれど、もっと彼に触れて、触れられたい。

口腔《こうこう》をまさぐる舌に翻弄《ほんろう》されて、頭の芯がジンジンと痺《しび》れる。寂しさの反動なのか、キスをしているだけなのに、自分が感じているのがわかる。

それに、彼も。

息が苦しくなるほど深く舌を絡ませながら、維人はエプロンの上から英奈の乳房を揉みしだいた。

「んっ……はぁ……」

いつになく性急な愛撫が彼の欲情の度合いを表すようで、かえって体に火を点《つ》ける。

すっかりとろかされた体は、服の上から触れられただけでも敏感に反応して、英奈をビクビクと震わせた。彼の手に胸をやわやわと揉まれると、ブラの中でツンと立ち上がった胸の先端が擦れて、お腹の奥がズンと重くなっていく。

エプロンのリボンがシュッと音をたてて解かれ、維人の手がカットソーの裾《すそ》から侵入して直《じか》に英奈の肌に触れた。

彼の触れた場所から、甘い熱がジワリと肌の下で広がっていく。

ブラの内側に入り込んだ指がピンと尖《とが》りを弾《はじ》いて、英奈は震えながら甘ったるい声をあげた。

「あっ……あ……」

気持ちいい。搦《から》めとられた舌を動かすこともままならなくて、唇の端から唾液がこぼれだす。感じて粟立《あわだ》った英奈の胸の膨らみを、彼の指がそーっと撫でると、また腰の内側が切なく痺《しび》れた。

「英奈ちゃん……」

キスの合間に名前を呼ばれると、歓喜したように子宮がきゅんとして、お腹の奥で渦巻く熱がこぼれてしまう。しきりに胸を愛撫しながら、彼はもう一方の手で英奈のスカートをたくし上げ、英奈の閉じた内腿《うちもも》を撫であげる。

「んっ……あ、あ……」

ショーツの中に長い指が忍び込み、溢れた愛液に濡れた花弁を、彼はゆっくりと開いていく。

「すごく濡れてる……したかった？」

撫でるように指を滑らせながら尋ねる維人に、英奈はうっすらと目を開けた。

間近で自分を捉《とら》えるダークブラウンの瞳に、また彼への想いが溢れてくる。

彼が好き。彼を幸せにしたい。その気持ちが、英奈を素直に頷かせた。

「……した、かった……維人さんに、会いたかったの……」

「可愛すぎる……」

かすれそうな声でぼそりとこぼした維人が、背後から英奈の蜜口に指を沈めた。

彼はもう、英奈がどこで感じるのか知りつくしている。挿入した指でお腹側の一点を刺激しながら、親指で花芽を押しつぶすように揺すられると、英奈が瞬《また》く間に絶頂にのぼりつめてしまうことも、彼は知りながらやっているのだ。

「あっ……！　あ、ぁっ……」

全身が燃えるように熱くなっていく。震える体を支えるように、英奈はワークトップに両手をついた。本能的に腰が引けて、お尻に硬いものが当たる。熱く滾《たぎ》った彼の欲望を感じると、しとどに濡れた英奈の蜜道がひくひくと痙攣《けいれん》する。

「中、動いてるね……もっと気持ちよくなりたいって言ってるみたいだ」

維人の吐息が耳をくすぐり、濡れた隘路《あいろ》がキュッと彼の指に絡みついた。蜜にまみれた花芯を指で掻き乱し、同時に胸を揉んで先端を転がされると、背筋を快感が駆け抜けていく。沈められた指が二本に増やされると、英奈は首を横に振った。

「あっ、ゆきとさっ……！　それっ……もぅ、いっちゃう……！」

「いいよ、いって」

「あっ、あぁぁっ……！」

体が一気に熱をあげ、閉じた瞼《まぶた》の裏側がチカチカと明滅した。震えながら達した英奈は、くったりとワークトップに崩れかけた。背後から回された維人の腕が咄嗟《とっさ》に体を支えてくれたけれど、指の抜けた蜜口からは蓋《ふた》をなくしたみたいに、溢れた愛液が腿《もも》の内側を伝い落ちている。

背中がすっぽりと維人の体に包まれて、体の奥がジン……と疼《うず》いた。囁《ささや》くような呼び掛けに振り返ると、英奈の唇に優しいキスが落とされる。快感の波に呑まれて朦朧《もうろう》としながら、英奈は無意識に彼のキスに応《こた》えた。

「したい？」

「ん………したい……」

恥じらいながら、だけどハッキリ頷いた。

その途端に、少しだけ意地悪な光を湛《たた》えていた彼の目が、獣のような鋭い眼差しに変わる。余裕を手放したように、彼の手がスカートをたくし上げた。

「英奈ちゃん……今すぐ抱きたい」

ベルトやファスナーの物音が背後で響き、片側に寄せたショーツの端から、熱い漲《みなぎ》りが押し当てられる。薄い膜に覆われた先端が蜜口に埋められる感覚に、英奈は背を反らして声をあげた。

「あ、あっ――」

脚に伝い落ちるほどに濡れたそこは、彼の熱を難なく受け入れてしまう。自分の中が、彼で埋まっていく。硬い杭《くい》で蜜壁を擦られる快感に、英奈は逃げるようにキッチンにしがみつこうとした。上体を倒せば倒すほどに、彼の熱は奥へと進んでいく。

これではまるで、自分からせがんでいるみたい――

英奈の最奥に辿《たど》り着いた硬いそこが、ドクンと震える。

「……たった十日だったのに、毎日抱きたかった」

押し付けたまま腰を揺さぶられ、一番奥をぐりぐりと擦られると、膝《ひざ》が震えて力が抜けそうになる。高い声をあげる英奈の中をゆっくりと掻き乱しながら、維人は背後からカットソーもめくりあげ、ブラをずらしてあらわにした乳房を左右同時にやわやわと揉みはじめる。

「あ、んぅ……ぁ、んっ……」

腰を送りながら、維人は親指と人差し指で、淡く色付いた英奈の乳首をぎゅうっと摘まんだ。内腿《うちもも》が痙攣《けいれん》しそうなくらいの強い快感に、キスで腫れぼったくなった唇を開きっぱなしにして英奈は喘《あえ》ぐ。

「あっ、あっあっ……」

「英奈ちゃん……中、もう完全に俺の形だ……」

優しい声なのに、彼の手も、腰も、決して止まってはくれない。苦しいほどに絶え間なく快感を送り込まれ、返事を紡ぎだす余裕すらない。だけど、気持ちいい。なんとかそれを伝えようと、こくこく頷くと、英奈のお腹側を擦るような抽送《ちゅうそう》がはじまり、汗を浮かべた体がまた熱くなる。

「あっ……それ、また……すぐ、いっちゃう……！」

「いっていいよ。たくさん気持ちよくなってほしい」

「んっ……きもち、いっ……ゆき、とさ……きもちいいの……」

「伝わってる……」

うしろから髪にキスが落とされると、心が満たされ、抗《あらが》っていた波が高まっていく。淫猥《いんわい》な水音と肌と肌がぶつかる乾いた音に、彼の荒い息も混ざっている。繰り返される律動に、体が燃えてしまいそうだ。気持ちいい。だけどそれは、セックスをしているからじゃなくて——

「あ、あっ……ゆ、きとさん……好き…………すき、なの……」

「英奈ちゃん……」

乱暴に息を吐きだした維人の漲《みなぎ》りが、英奈の中でビクンと震えた。質量も、硬度も増した彼のそこに、英奈の内側も絡みついていく。

「好きだ……英奈ちゃん……英奈……」

うわごとみたいに繰り返し英奈を呼びながら、維人は抽送《ちゅうそう》を速めていく。

「んんっ……あっ、ゆきとさんっ……」

揺さぶられ、甘ったるい声をこぼしながら英奈が振り返る。互いに引き寄せられるように唇が重なり、体に巻き付いた彼の腕に力が込められる。

「あっ、あっ……！」

「っ……………！」

先に達した英奈の中で、薄い膜越しに彼が欲望を放つ。じわりと妖しく蠢《うごめ》く英奈の蜜壁と、ビクビクと震える彼の肉杭《にくくい》が落ち着くまで、二人は乱れた息を整えながら、何度も触れるだけのキスを繰り返した。

一緒にシャワーを浴びて、そこでもたっぷり愛し合って、夕飯を済ませてから英奈たちは揃って寝室に入った。

ヘッドボードにセットした充電器にスマホを繋いだり、アラームを確認していた英奈の隣に、維人が座る。自分と同じボディーソープの匂いが鼻腔《びこう》をくすぐる。

「英奈ちゃんは、明日仕事ですよね？」

「うん、でも、早く帰ってきますよ？　たぶん、十八時くらいには」

海外出張から戻ったばかりの維人は、明日、明後日《あさって》とオフの予定だ。事前にわかっていたことだから、英奈もそれに合わせて早く上がれるように予定を組んでいる。

「じゃあ、車で迎えに行きます。久しぶりに」

「えっ、でも……」

維人は疲れているのにと言いかけた英奈の唇に、彼は小鳥が囀《さえず》るような音をたててキスをした。

「少しでも長く、一緒にいたい」

そう言われると……英奈は言い返せない。

胸の奥がぽかぽかして、幸せな気持ちでいっぱいになるばかりだ。

彼が注《そそ》いでくれる愛情を、自分もできる限り返していきたい。

英奈は伸びあがるように、ベッドの上で膝立《ひざだ》ちになって、維人の唇に自分からキスを贈った。

「わたしも、維人さんと一緒にいたいです。これからも、ずっと」

フッと笑った維人は、とろけるような笑みを浮かべて、英奈をゆっくりと組み敷いた。

「心配しなくても、絶対に離さない」

優しいダークブラウンの瞳には、十年物の執着が込められている。

英奈は彼の瞳の輝きに、これからもずっと二人の幸せが続くようにと願いを込めて、そっと目を閉じて彼のキスを受け入れた。

書き下ろし番外編

結婚しても、変わらず一途なストーカー

日曜日の朝のジム通いは、英奈の大事な習慣のひとつだ。

英奈たちが暮らすファミリー向けのマンションには、入居者の利用できるスポーツジムがある。

このマンションに越してきたのは英奈と維人が結婚してすぐのことで、かれこれ四年になる。その間、英奈は休養期間をはさみながらもこのジムに通っている。

エレベーターでアクセスできるので天候の影響がないうえに、移動時間が五分もかからないので、寝ている央人《ひろと》を維人に任せて通えるのがいい。

央人は英奈と維人の息子で、今年三歳になった。

寝かしつけてしまえば朝までぐっすりという手のかからない子だけれど、さすがに息子が寝ている早朝に、こっそり家を出てジム通いするのは無理だ。

何かあったらどうしよう、起きて泣いているんじゃないかと、英奈が落ち着かない。

『央人から目を離さないから、安心して行っておいで。英奈ちゃんの大事なリフレッシュの習慣なんだから』

ジム通いの復帰をためらっていた英奈に、維人はそう言ってくれた。

おかげでこうして、毎週末心置きなくランニングができている。

（維人さんだって疲れてるはずなのに、本当にありがたいな）

彼の仕事は順調で、会社の業績も右肩あがり。

共同経営者の三葉いわく『会社は絶好調で成長中！』らしい。

そのぶん維人の責任は増し、多忙で疲れているはずなのだ。それなのに、毎週末に早起きして央人を見ていてくれるのだから、本当に聖人のような人だ。

ランニングマシンで軽快に走っていた英奈の耳に、ピピッとマシンの通知音が届く。

（もう三十分経ったんだ）

マシンは自動的に速度を落として、クールダウンモードに移行していく。

ウォーキングに適した速度で流れていくベルトの上を歩きながら、来週も頑張ろうと活力が湧いてくるのを感じた。

英奈は現在、キッピングに時短勤務で復帰している。

英奈が企画したランニングシューズは『E《イー》シリーズ』と名付けられ、今ではキッピングの人気商品のひとつになっている。

仕事は楽しいし、央人も毎日楽しそうに幼稚園に通っている。維人が月に二度、換気扇やお風呂掃除にクリーニングスタッフを契約してくれているので、家事の負担も少ない。

自分は本当に恵まれた環境にいると思う。

おまけにこうして、好きなことをする時間まで毎週確保できるのだから。

タオルで汗を拭いていると、背後の出入り口から奥様グループがジムに入ってきた。

名前も何号室の住人かも知らないけれど、五十代の彼女たちはジムの常連だ。

「どんどんパパに似ていくわね」

「将来は間違いなくイケメン君ね。芸能人になってるかもしれないわよ」

「今のうちにサインもらっておこうかしら」

ふふふ、と談笑しながら入ってきたマダムたちの会話がなんとなく気になって、ガラス戸の向こうに続く廊下を振り返った。

広々とした廊下には誰もいない。

ジムには英奈とマダムたち以外にも、数人の利用者がいる。

そのほとんどは男性で、こどもがいてもおかしくない年代の人ばかりだ。

ファミリー向けのマンションだし、きっと誰かのこどもが、父の姿を見にきているのだろう。

「おはようございますー」

ランニングマシンの隣を行き過ぎていくマダムたちに声をかけられて、英奈も「おはようございます」と挨拶を返した。けれども、その目が……

（やっぱり、なんだかじっと見られてるような……？）

なんとなく、いつもマダムたちに微笑ましい眼差しを向けられているように感じるのだけれど、気のせいだろうか？

◆　◇　◆

ジムから自宅に戻ると、ダイニングから「あーっ」と央人の声が聞こえてくる。

（また起きちゃってる）

まだ朝の七時半だけれど、このところの央人は平日と変わらない時間に起きてしまうことが多い。

生活リズムが崩れなくていいのだけれど、そのぶん維人の負担は増えているのではないかと思うのだ。

「ただいまー」

ダイニングに入ると、英奈が準備していた朝食を維人が食べさせてくれていた。

央人はクマや星の形に型抜きしたサンドイッチを握ったまま、「ママーおかえりー」

と笑っている。

ハイチェアに座る央人の黒髪をさらさらと撫でて、後ろからぎゅっと抱きしめた。

母親からの一瞬の抱擁に満足したのか、央人は丸い頬をニコニコさせて、サンドイッチにかぶりつく。

央人は維人似で、目鼻立ちがはっきりしている。

丸い頬をもぐもぐと動かしている今も、ダークブラウンの瞳に長い睫毛《まつげ》が影を作っていた。

「おかえり」

ダイニングテーブルについて息子を見守る維人にやわらかく微笑みかけられて、英奈も「ただいま」と返す。

「ごめんなさい。最近央人、早起きですよね」

なぜか央人が「うん！」と返事をして、英奈と維人は顔を見合わせて笑った。

「早起きできたね」

そういって維人がよしよしと頭を撫でると、央人は誇らしげにニッと笑ってサンドイッチをぱくついた。

「日曜の朝は、英奈ちゃんの時間だから」

「でも……維人さんだって疲れてるのに」

「英奈ちゃんは頑張りすぎなくらいだよ。朝食だって作ってくれてる。シャワー浴びておいで。今日は――『サウナ』の日だから」

月に一度、大型スーパーに買い物に行くのを、守谷家では『サウナ』という隠語に変換している。

スーパーにはキッズコーナーがあり、央人はそこで遊ぶのが大好きなのだ。

店名を出すと興奮させてしまって、朝食どころではなくなってしまう。

お楽しみに気づいていない央人に、英奈と維人は密かに微笑みを交わした。

◆

◇

◆

大型スーパーのキッズコーナーでさんざん遊んで満足したのか、央人は大人しくこども用カートに乗った。

カートを押すのは維人で、英奈は一週間分の食材や残り少なくなってきている調味料のリストを確認しながら、必要なものをかごに入れていく。

いつものマヨネーズを手に取ったとき、「あら」と女性が近づいてきた。

ジムの常連マダムの一人だ。

彼女はペット用カートにポメラニアンを乗せていて、央人が目を輝かせて歓声をあげていた。

「あらーいいねぇ、ひろと君。ママとパパと一緒にお買い物だねぇ」

(え？　どうして名前知ってるの？)

互いに挨拶を交わしてすぐに彼女が央人の名を口にしたので、驚いてしまった。

英奈は彼女の名前も、何号室の住人かも知らない。

息子の名前を教えた覚えはないのだけれど……

「ばいばいー」

「はい、ばいばいー」

彼女が通り過ぎていくのを、央人が手を振って見送る。英奈も会釈《えしゃく》してから、維人を見上げた。

「維人さんのお知り合い？」

「何度か廊下で会って、ご挨拶したよ。央人の名前もそのときに」

自分が教えたのだと認めた維人は、なぜだか少しばつが悪そうに笑っている。

(ん？)

結婚四年の勘とでもいうべきか。

それとも、彼にストーキングされてきた経験値というべきか。

「もしかして……」

掴みかけた真実を呆然と突きつけかけた英奈の手を、央人がぎゅっと握った。

「ママー、バナナかう？」

「ん？　そうだね、買って帰ろうね」

央人によって会話は中断されたけれど、歩きだした英奈の隣で、維人が「夜に話しますね」と囁いて、英奈もこくんと頷いた。

昔に戻ったような話し方が、よぎった疑いを確信に変えた。

◆◇◆

央人を寝かしつけた維人がダイニングに戻ってきたのは、夜の九時前のこと。

二人は寝室に入って、こども部屋に設置した見守りカメラとマイクをオンにした。

これで央人が泣いたらすぐにわかる。

週末は彼が央人の入浴も寝かしつけもしてくれるので、英奈はその間に夕飯の片づけをして、その後ゆっくり一人でお風呂に入ることができた。

平日でも、彼は早く帰ったときには率先してこどもの世話をしてくれるので、央人もママじゃなきゃイヤだとだだをこねたりしないのだ。

百点満点で考えたって、百二十点の夫なのだけれど……

「英奈ちゃんのランニング姿を、見てました。須川《すがわ》さんとは、そのときにご挨拶を」

なぜかお互いベッドに正座して向かい合い、秘密を打ち明けられていた。

あのマダム、須川さんというんだ。

それも今知ったくらいだ。

「央人を一人にはしておけないので、ママが走ってるところを見に行こうと誘って、一緒に見てたんです」

「あの……今日も？」

「はい」

須川たちマダムが話していたパパ似の将来イケメンになりそうなこどもというのは……央人のことだったのだ。

（それでなんだかあったかい目で見られてたんだ……恥ずかしい）

ジワッと頬に熱が集まってくる。

須川たちからしてみれば、英奈は夫と息子に見守られて週末にランニングを楽しむ、幸せな妻に映ったことだろう。

英奈の手を、真摯《しんし》な目をした維人がそっと握る。

「このマンションに越してきてすぐ、朝起きたら英奈ちゃんがベッドにいなかったことがありました」

越してきてすぐの頃は、英奈もフルタイムで働いていて、ジムを利用できるのは週末くらいだった。けれども日中は維人と過ごしたくて、彼が眠っている隙によくベッドを抜け出してジムに通っていたのだ。

「隣にいなくて驚いたんです。でも、入居するときにスポーツ施設があるって聞いたとき興味がありそうだったから、もしかしてと思って覗きに行ったら、ランニングしてたんです」

英奈がジムを利用していると打ち明けたのは、家に戻ったら維人が起きていたときだった。維人は優しく「おかえり」と言ってくれて、どこに行っていたのかと咎《とが》めることもなかった。だから英奈も、行先も告げずにいなくなるなんてほんの一時間でもよくなかったと反省して、ジムで走ってきたのだと報告したのだった。

それ以来、眠っている維人にも「行ってきます」と囁きかけてからジムに行くようにしていた。

「それから毎週末、ランニングする英奈ちゃんを見てました」

「……そんなに前から、見てたんですか？　ずっと？」

央人を妊娠中や出産してしばらくは走っていなかったものの、それ以外の期間、ずっと覗いていたということ？

「はい。毎週欠かさず」

維人はなぜか、力強く頷いている。

「英奈ちゃんの走ってる姿が好きなんです。声をかけられないときから、見てたので」

学生の頃から彼に見られていたのは知っている。

維人を変わっているとは思うし、見られていたことも照れくさいけれど、その話を打ち明けられてから嫌だと感じたことは一度もない。

今回もそうだ。

須川たちにどう思われているのか想像すると恥ずかしいけれど、維人の行為に対しての拒否感はないのだ。

それよりも、すごく、愛されていると実感するというか……

「言ってくれればよかったのに……」

「ベッドを抜け出して行ったから、もしかして見られたくないのかと思ってたんです。見てても、いいんですか?」

いいか悪いかで言うなら、別にいい。

「い、いいですよ。でも、別に見てて楽しいものじゃないと思うんですけど……」

「楽しいですよ。好きな人が輝いてる姿を見るのは」

まっすぐな目で「好きな人」だなんて言われて、耳からシュンシュン湯気が出そうだ。

(もう四年も夫婦なのに……)

まだ好きな人と思ってくれているのだ。

甘酸っぱい気持ちが彼の中に残っていることが自分でも驚くくらい嬉しくて、返答に困る。

握られていなかったもう片方の手も優しく包み込まれて、両手を繋いで見つめあった。

維人のダークブラウンの瞳には、出会った頃と変わらない甘い光が浮かんでいる。

「俺は、結婚しても英奈ちゃんのストーカーで、たぶんこの先も一生変わらないと思います。でも、英奈ちゃんを心から愛してます」

こんな宣言を夫にされる妻は、全国に何人いるんだろう……

だけど素直に、愛していると言われて喜んでしまう自分がいる。

英奈もそっと、彼の手を握り返した。

「わたしも、維人さんのことも、央人のことも、愛してます。今日も、すごく幸せだなって感じたんです」

一見クールな維人の目元が、幸せそうにとろけていく。

緩んだ表情に胸が高鳴り、愛情が込み上げてくる。

「俺も毎日感じてますよ。英奈ちゃんが隣にいる幸せと、可愛い息子ができた幸せを。幸せすぎて夢みたいだって、毎日目覚めるたびに思ってます」

維人の目が甘く眇《すが》められて、迫ってくる。

何度もそうしてきたように、英奈はゆっくり目を閉じて彼のキスを受け入れた。

軽い口付けを繰り返すうちに優しくベッドに横たえられて、押しつぶされそうなほどの愛情がこもった熱い眼差しを真上から注がれる。

「英奈ちゃん、こんな俺と結婚してくれてありがとう」

そんなあなただから、今こんなにも幸せなのだ。

維人の首に腕を絡めて英奈から口付けを贈る。

「こちらこそ」

間近で瞠《みは》られたダークブラウンの瞳の中で幸福感がきらめいた。

その輝きに、英奈の胸の奥からも愛情が溢れ出してくる。

「維人さん、大好き」

「英奈ちゃんから言ってくれるなんて、やっぱり夢なのかな」

クスッと笑い合いながら、英奈はもう一度口付けを捧《ささ》げた。

この幸せは夢じゃない。

この先ずっと変わらずに、続いていくのだ。

恋人にフラれ、彼と来る予定だったホテルを一人で訪れるというクリスマスイブを迎えた英奈《えな》。そんな人生最悪の日、彼女は魅力的な男性・守谷《もりや》と出会い、甘く官能的な夜を過ごす。これは一夜の夢だから…と連絡先も交換せずに去った英奈だったが、それから数ヵ月後、職場に突然真っ赤なバラの花束が届く。そこには『君を忘れられない』というメッセージがついていて――…!?

無料で読み放題
今すぐアクセス!
エタニティWebマンガ

B6判
定価704円(10%税込) ISBN978-4-434-33462-7

本書は、2020年6月当社より単行本として刊行されたものに、書き下ろしを加えて文庫化したものです。


この作品に対する皆様のご意見・ご感想をお待ちしております。

おハガキ・お手紙は以下の宛先にお送りください。

【宛先】

〒150-6019 東京都渋谷区恵比寿4-20-3 恵比寿ｶﾞｰﾃﾞﾝﾌﾟﾚｲｽﾀﾜｰ 19F
（株）アルファポリス　書籍感想係

メールフォームでのご意見・ご感想は右のＱＲコードから、
あるいは以下のワードで検索をかけてください。

アルファポリス　書籍の感想　検索

ご感想はこちらから

エタニティ文庫

一夜《いちや》の夢《ゆめ》では終《お》われない!?～極上社長《ごくじょうしゃちょう》は一途《いちず》な溺愛《できあい》ストーカー～

立花吉野《たちばなよしの》

2024年3月15日初版発行

文庫編集－熊澤菜々子・大木 瞳
編集長 －倉持真理
発行者 －梶本雄介
発行所 －株式会社アルファポリス
〒150-6019 東京都渋谷区恵比寿4-20-3 恵比寿ｶﾞｰﾃﾞﾝﾌﾟﾚｲｽﾀﾜｰ19F
TEL 03-6277-1601（営業）　03-6277-1602（編集）
URL https://www.alphapolis.co.jp/
発売元－株式会社星雲社（共同出版社・流通責任出版社）
〒112-0005 東京都文京区水道1-3-30
TEL 03-3868-3275
装丁イラスト－すがはらりゅう
装丁デザイン－ansyyqdesign
印刷－中央精版印刷株式会社

価格はカバーに表示されてあります。

落丁乱丁の場合はアルファポリスまでご連絡ください。

送料は小社負担でお取り替えします。


ISBN978-4-434-33575-4 C0193